ゆとり
ですが
なにか

インターナショナル

宮藤官九郎
KANKURO KUDO

ゆとりですがなにか インターナショナル　目次

前説

宮藤官九郎

宮藤です。

コロナ禍の渦中、まさに渦のド真ん中にいた僕が、退院後、後遺症がないことを確認すべく、最初に開いたファイルがこの『ゆとりですがインターナショナル』でした。

２０２０年の春。自宅のベランダに小机を出しパソコンを開き、ほぼステイホームで書き切りました。なので、インターナショナルと銘打ってますが、目に浮かぶ光景は西東京の住宅街の葉桜と、やけに淋しげな西友の看板と、どっかの飼い犬の遠吠えです。そこから延期と再開の噂に一喜一憂して、気がつけば3年越し、念願の映画化と相成りました。

3年で世の中は大きく変わりました。ゆとり世代の下にZ世代が登場し、テレワーク、リモート会議が前提となり、フィクションにも多様性とアップデートが求められる。正直、脚本上の表現に対して、こんなに細かくチェックが入ったケースは今までなかったです。その度に、僕に代わって闘ってくださった水田監督には頭が下がるし、書き直しながら「これもダメ?」「あ、これもダメなんスね」「え、逆にこれはOKなんスか? へえ」と逐一学べたのは、今となっては貴重な経験でした。山路の童貞イジりを伸び伸びやれてた連ドラ時代は一体なんだったんだろう。まあ、今回も多少やってますけど。正確にはイジりでありつつ全肯定する、童貞讃歌なのですが。

そういうギリギリの闘いをせずに済む作劇、いわゆる誰も傷つかない系の物語を書くことも出来なくはないけど、ゆとりは違うよな。社会から生まれたドラマなんだから、社会が変われば物語も変わるべきで、かつてのゆとりモンスターこと山岸がサービス残業に追われるし、小学校の保健体育にLGBTQが導入されるし、在日外国人の境遇も日々変化している。そういう変化と向き合い、なおかつ大上段に構えるのではなく、世の中いい方に向かっているはずなのになんだかモヤモヤするなぁ、という空気を少し、感じてもらえたら嬉しいです。

岡田くん、桃李くん、柳楽くん、安藤さん、太賀くん、吉岡さん、島崎さん、みなさん忙しいでしょうけど、ゆとり世代の現在地を発信できるのは、みなさんを置いて他にいないので、たまに還って来てほしいし呼ばれたら書きますよ。

よろしくお願いします。

登場人物相関図

Character Chart

坂間酒造

東京郊外で100年以上続く造り酒屋。メインの商品はオリジナルブランド「ゆとりの民」。「ゆとりの民スパークリング」等。6年前にモノレールが通るからと立ち退き料が3億5千万円と言われ、存続の危機に見舞われた。

坂間和代

恋心

正和、宗貴、ゆとりの母。夫・正宗に7年前に先立たれ、最近はテレワークに忙しい。

親子

坂間 茜

夫婦

1987年佐賀生まれ。正和と同期、寿退社して坂間家の若おかみに。二児の母。

坂間みどり

宗貴の妻。長い妊活に疲れ、夫婦で北海道に移住を決めた途端、妊娠。長男・悟を出産。

坂間宗貴

夫婦

坂間家の長男。坂間酒造4代目。経営センスがなく、新商品に度々失敗している。

親子

坂間 栞
坂間 萌

栞/正和・茜の長女・5歳。
萌/正和・茜の次女・2歳

親子

坂間 悟

宗貴・みどりの長男・6歳

坂間酒造

道上まりぶ

1987年生まれ。11浪の末、大学生に。実母は女優・麻生ひとみ。実父は麻生厳。

舎弟で同僚

豊臣吉男

1995年生まれ。まりぶの舎弟だったが坂間酒造の従業員に。フェミニストでもある。

服部一幸

若い頃、坂間酒造で修業し、今や日本を代表するカリスマ杜氏。和代に淡い恋心も。

元恋愛関係

夫婦

親子

道上せれぶ・6歳
道上おらふ・1歳

道上ユカ

まりぶの妻。中国出身。不法滞在の身だったが、出産届を出し、晴れて婚姻関係に。

坂間ゆとり

1995年生まれ。坂間家の長女。道上まりぶと一時、恋愛関係に。現在は起業中。

坂間正和

1987年東京生まれ。坂間酒造の次男。食品会社を退職して坂間酒造を兄と共に継ぐ。

麻生 厳

親子

フリーカウンセラー「レンタルおじさん」。本業は不動産コンサルティング・道上厳。

チェ・シネ

辛心食品のスーパーバイザーとして来日。3カ国語堪能。

辛心食品

（旧・みんみんホールディングス）

신심식품

韓国の企業が買収し、辛心食品となる。旧みんみん社員は「日本食部門」として、隅に追いやられている。

訴訟

真剣交際

山岸ひろむ →上司 早川道郎

1993年生まれ。正和の後を引き継いだ"ゆとりモンスター"。現在、逆に訴えられている。

みんみんホールディングスの伝説の営業マン。茜と一回だけ過ちを犯す。

須藤冬美

映像制作会社のAD。ドラマの取材で山岸ひろむと出会い、付き合うことに。

辛心食品

野上

みんみんホールディングス
と取引のある仕出し弁当屋
「大盛件」の担当者。

小野・平田

Z世代の新卒社員。山岸をパワハラで訴える。

マッコリ食堂・豚の民

（旧・鳥の民）

辛心食品系列のサムギョプサルとマッコリ専門店。
以前は焼き鳥屋「鳥の民」だったが。正和も店長を経
験した高円寺店で現在は山岸が店長。

村井

高円寺のマッコリ食堂
「豚の民」の永遠のバイ
トリーダー。

中森

高円寺のマッコリ食堂
「豚の民」の従業員。

山路一豊

1987年生まれ。小学校の教師。童貞のまま女性観はこじれる一方。地元では名士。

阿佐ヶ谷南小学校

山路が勤める小学校。

気になる

担当

望月かおり

山路が気になる今年の教育実習生。

脇田

ラガーマンの今年の教育実習生。

阿佐ヶ谷南小学校

転校生

アメリカ人の転校生アンソニー、親日家のアンソニーの父と母。
タイ人の転校生トンチャイとトンチャイの母。

元恋愛関係？

佐倉悦子

7年前、山路のクラスに配属された教育実習生。豚の民で正和が再会する。

山路の同僚の先生たち

藤原

副校長。山路が辞職願を出した時に、復職できるように机の中にしまっていた。

円山

体育教師。

太田

学級担当。

島本

教師。

シェアハウス

外国人在留支援のNPOで働く悦子が管理しているシェアハウス。エヴァ、ダーシャ、アキッレ、ロブ、マイクロピッグのYAMが生活している。

シナリオ

scenario

ゆとりですがなにか
インターナショナル

1　ＰＣの液晶画面

着流し姿の坂間正和、カメラ目線で、

正　和「こんばんは、坂間酒造営業部長、酒ソムリエ資格一次試験通過見込み、さかまっちです。自社ブランド『ゆとりの民』を飲みながら（飲む）……美味い。こんな感じで、ゆる～くお送りしておりますので、よろしければチャンネル登録、お願いします。今日のテーマは『ペアリング』」

フレームの外から妻、茜が、

茜の声「お父ちゃーん！　栞と萌のお風呂おねがーい！」

正　和「はあーい！……（気を取り直し）……ペアリング。ワイン同様、日本酒も、それぞれに合う肴があります。ペアリングを知っておくと、会食の席で、女性から一目置かれ……」

茜の声「お父ちゃーん！」

正　和「（うんざり）はあーい！」

茜の声「パン買って来てくれたぁ？」

正　和「忘れましたあ！」

茜の声「じゃあ明日の朝もコーンフレークでいい？　冷凍ご飯もあるけどー」

正和「なんでもいーよー！（仕切り直し）えー『ゆとりの民』は、そのフルーティな味わいから、女性人気も非常に高く、チーズや生ハムとペアリングして頂いても……」

茜、萌（2歳）を抱っこして、栞（5歳）を連れ、背後からフレームに入り、

茜「なにやってんの？」

2　坂間酒造・酒蔵

ライティングしてカメラの前で動画撮影していた正和、

正和「……ごめん」
茜「……さっさと、お風呂入れちゃってよ」
正和「はい」
栞「お父ちゃん、折り紙で手裏剣作ってぇ」
正和「あとでねえ、栞ちゃん」
茜「なんでもいいって、どういうこと？」
正和「……はい？」
茜「こっちは毎日考えてやってんの、家族の好みとか栄養バランスとか。何でもいいならドッグフードがいちばんラク！」

正和「コーンフレークで」

茜「で?」

正和「が! コーンフレークが、食べたいです、明日の朝!」

茜、眠っている萌を正和に預け、

茜「明日、9時に市役所ね」

正和「……」

3 市役所・子育て支援課（日替わり）

市の職員の審査を受ける正和、茜。

職員「……共働きと言っても、自営業ですよね」

茜「でも育児はワンオペです、夫は何もできませんので」

正和、抱っこしてあやすが、萌はぐずって泣き止まない。

栞は、折り紙の手裏剣を正和めがけて投げる。

職員「上のお嬢さんの時にもご説明しましたが、待機児童は市内だけで、常に百件近くありまして（資料見て）……ご主人が週5日8時間労働で20点、奥さまは非常勤のパート扱いになりますので、12点ですね」

茜「12点!? この人が20点で私12点!? じゅうにてん!?」

職員「足して32点、40点が市の規定する合格ラインですので」
正和「酒造りは、暮れから3月まで休みなしなんです、その期間だけでも預かってもらえると……」
職員「空きが出たら随時ご連絡しますので……（と切り上げる）」
茜「娘がダメなら、夫を預かってもらえませんか？」
職員「え？」
正和「え!?」
茜「煮詰まるんです、なんか、夫といると、特に夜！」
正和「ここ市役所！　子育て支援課……すみません」
茜「空気も読まずに求めて来るんです、毎晩なんです！」
正和「わ――！」

4　旧・居酒屋『鳥の民』現・マッコリ食堂『豚の民』

麻生「……そうなんですか？」
座敷席で、酔って麻生に絡む正和。
正和「（かなり酔って）だって1年ですよ1年、麻生さん」
麻生「結婚7年でお子さん二人……坂間さんの年齢を考えたら……」

正和「レス！　レスレス！　100％セックスレスでしょう！」

店員の中森が手を滑らせグラスを割る。

中森「チェソンハムニダ～（失礼しました）」

村井「チェソンハムニダ～」

正和「抱いてないんです嫁を！　もちろん嫁以外も！　去年の秋から童貞なんです、くっそぉ、やり方忘れちゃうよぉ！」

正和がYouTubeに上げた動画を見て、

麻生「とにかく坂間さん、YouTubeは向いてない。堅いし、なんか悲壮感漂ってるし、納得の再生回数12回」

正和「麻生チャンネルは？」

麻生、自慢げに画面を切り替え、

麻生「『おっさん、ペルシャ猫とたわむれる』が200万回、『おっさん、暖炉のそばでセーターを編む』が300万回、『おっさん、おっさんとすれ違うが、何も起こらず』が700万回」

正和「ぬるいなあ」

麻生「ぬるくていいの、惰性で生きてる連中が惰性で観てんだから。レンタルおじさんもリモート化が進んでるし、アップデートしてかないとね」

正和「山路くん、変わりないですか？」

麻　生「それは……まだ童貞ですか？　という意味で？」

5―洒落たレストラン（回想）

山路と美女のディナーデート。山路が胸の前に抱いているｉＰａｄに、どアップの麻生が映し出されている。

麻生（ｉＰａｄ）「おかしい、山路さん、これはおかしいです。大事なデートでしょ？　なんで私がリモートで参加してるんです……」

山　路「自信がないんです」

麻生（ｉＰａｄ）「素敵な女性ですよ」

山　路「……そおかなぁ」

麻生（ｉＰａｄ）「そおかなあって……（女性に）すみませんね」

美　女「……」

麻　生「ひょっとして山路さん、私の遺影を抱いてるみたいな形になってませんか？」

山　路「素敵な女性だったら婚活サイトに登録します？　どうせ遊びですよ、一夜限りのワンナイトパーリィ、パリピですよ、そんな女を満足させる自信が、僕にはないんです」

麻　生「もうちょっと、声のヴォリュームを、聞こえちゃうから……」

山路「万が一、百万が一、体の相性が良かったりしたら、この山路、一夜限りじゃ済まない。そこは自信ありますね。エブリナイトパーリィ。ずぶずぶの関係ですよ。やがて女は金を要求してくる。二人の関係を学校にバラされたくなければ月々……」

美女「あの、そろそろ飲み物を……」

山路「ちょっと待って！　今、麻生さんと喋ってるからあ！」

6　旧・居酒屋『鳥の民』　現・マッコリ食堂『豚の民』（回想戻り）

正和「……死んだ方がいいですね」

麻生「同感です、彼は、童貞のまま天に召されるべきだ」

正和「息子さんは？」

麻生「上海でうまいことやってるみたいですね。一応、インスタはフォローしてますが、悔しいので『いいね』はしません」

まりぶのインスタ。蛇柄のスーツを着てチャイナドレスの女をはべらせ、ご満悦の写真。

正和「調子に乗ってんなー」

麻生「誰に似たんだか、私に似たんだな」

と、肉に箸を伸ばすと見知らぬおばさん（オモニ）が、オモニ「（韓国語）それまだ！」
麻生「……すいません」
営業帰りの山岸が意気揚々と、ネクタイ緩めながら、
山岸「ちょっとちょっとぉ！　先輩そりゃねえわー、うちで飲むならＬＩＮＥ入れてくださいよ！」
正和「ごめんごめん、忙しいと思って」
麻生「いえ――い！　営業係長、昇進おめでとうございます！」
山岸「店長と兼任なんで、マジ死にます、どうスか？　久しぶりですよね、懐かしいっしょ」
正和「……いや、懐かしくは、ない、全然」
麻生「焼き鳥の店だったよねえ、誰？　この人」
オモニ、せわしなく肉をひっくり返しながら、
オモニ「（韓国語）これ焼けてる！　これも！　それ、まだ早い、触らないで、何もしないで！　私がやるから！」
山岸「まだ居ますよねぇ、在庫整理したらアガリなんで。……あ、彼女、呼んでいいッスか？　紹介したいんで（と控室へ去る）」
中森「……ああ見えて、こないだまで休職してたんスよ」
正和「山岸？　なんかあったの？」

中森「聞いてません？　パワハラで後輩に訴えられて」
麻生「あれ？　どっかで聞いたことあるな」
正和「7年前、俺が山岸に喰らったヤツですね」

×　×　×

フラッシュ（連ドラ3話）山岸、スマホで撮影しながら正和に土下座を強要する。

×　×　×

村井「あの頃はまだ平和でしたよ、最近はコロナや働き方改革も絡んでくるし……ハラスメントはさらに厳しくチェックされますから……」

7　みんみんホールディングス・本社（回想）

部長の早川、弁護士、カウンセラーによる査問。
当然のようにボイスレコーダーとカメラが回っている。

早川「悪いねえ山岸くん、働けつったり、働くなつったりで」
山岸「いや、自分は……早く仕事覚えた方が彼らのためと思って」
弁護士「それが問題なんです」

新卒社員の平田と小野、他人事のように聞いている。

早川「先輩が帰らないと、帰りづらいんだってさ」

平田（男）「そもそも、なぜ対面でやるのか、納得のいく説明もないまま残業残業で……」

山　岸「それが研修ってもんだろ」

弁護士「研修期間も定時終業、これデフォルトですよ」

早　川「……と、弁護士先生が申しております」

小野（女）「てか、リモートでいいよね」

山　岸「……だから今日も、リモートなんですね」

モニター画面に4、5人の在宅社員の顔。

カウンセラー「田中さんと山下さんは適応障害、佐藤さんはホルモンバランスを崩されて、それぞれ2ヶ月の休養を取らせました」

山　岸「……それ、自分のせいですか？」

カウンセラー「持続可能な働き方を見出す時代なんです」

弁護士「山岸さんも、時代に合わせてアップデートして頂かないと」

早　川「どうかな、君も2ヶ月休んでみては」

山　岸「いやいやいや！　自分が今休んだら店も会社も回んねえし」

小　野「そう思ってるの、自分だけだったりして（笑）」

山　岸「あ？　なんつった今、もう一回言ってみろ！」

平　田「出ました、今の撮りました？　恫喝ですよね！　パワハラ！」

8　旧・居酒屋『鳥の民』　現・マッコリ食堂『豚の民』（回想戻り）

麻生「……侮れないねえ、Z世代」

山岸「で、2ヶ月休んで復帰したら、上司が韓国人になってて」

正和「え？」

山岸「……今さらですが弊社、みんみんホールディングス、韓国の企業に買収されたんですニダ」

9　旧みんみんホールディングス（回想）

社名入りの看板が外され、新たに『辛心食品《しんしんフード》』のプレートが設置される（ハングル表記）。

本社から派遣された営業課長チェ・シネがスピーチする。

チェ・シネ「（韓国語）ミンミンはシンシンに生まれ変わります！　食は命の根本です。食文化の相互理解こそが、日韓関係友好に繋がるのです！　もっとキムチを！　チーズハットクを！」

早川「日本食部門は、向こうの、陽の当たらない一角に移動になりまーす」

隅の暗部に追い込まれる、早川部長と旧みんみん社員。

10―マッコリ食堂『豚の民』（回想戻り）

山　岸「で『鳥の民』も、サムギョプサルとマッコリ専門店『豚の民』にリニューアルしました」

韓国風の店内。村井と中森、韓流っぽい風貌。
各テーブルに1人、オモニがいて、給仕するスタイル。

11―繁華街（夜の道）

帰り道の正和、山岸、麻生。

山　岸「最悪ですよ……うちら中間管理職は時間外労働の適用外じゃないスか。後輩早く帰してサービス残業して、そのあと自分の仕事片付けて、冬みんと会えるの、だいたいこの時間だよな」

正　和「ふゆみん？」

ドラマAP、須藤冬美が、いつの間にか合流していて、

冬　美「須藤冬美でぇす、ぴろぴろが可愛がってもらってるそうで〜」

正和「ぴろぴろ⁉」
山岸「コレ（彼女）ッス、させん、真剣交際させて頂いてます」
麻生「よかったねぇ、冬みんが傍《そば》にいてくれて」
冬美「私は、業界自体が超ブラックなんでぇ、働き方改革の恩恵も弊害もなくてぇ……ちなみに、テレビドラマのスタッフでぇす」
正和「山岸、お前、無理すんなよ」
山岸「それ、先輩が言います？」
正和「だってそんなヤツじゃなかったじゃん、さっさとヘッドハンティングで大手に引き抜かれるんで～って、言ってたじゃん鼻の穴広げてさ」
山岸「今のヤツら、そんな野心もないですよ。会社にも世の中にも自分にも、何も期待してない。Z世代のZって、絶望の頭文字なんスかね（笑）……それでも、会社にとっては貴重な人材だし、付き合ってみりゃ一人一人はいい奴なんですけどね」
正和「……成長したなぁ！　ゆとりモンスター山岸ぃ！（肩を組み）もう一軒行こうか！なあ！」
山岸「どうする？」
冬美「やめとく、明日2時起きなんで」
一同「2時起き⁉」
麻生「……逆に良く来たね、この時間に」

冬美「えへへ、ぴろぴろの命令は絶対なんでぇ」
山岸「う〜る〜せ〜え〜（笑）そんなわけで、先輩、またゆっくり」
手を繋いで去って行く山岸と冬美。
正和「……あったなあ、あんな時期が、俺と茜ちゃんにも」
麻生「ありました？　基本ギスギスしてましたけど」
正和「やるのかな、麻生さん」
麻生「いや、だって2時起きって……」
正和「若いヤツはやるんですよ、時間がなければないなりの、時短セックスを！　ちっっきしょおお！」
路地の向こうから、威勢の良い中国語が聞こえて来る。
正和「呼んでますよ、麻生さん」
麻生「呼んでる？」
声「ルーファン、ニーハオマ!?」
麻生「中国語……」
声「ルーファン、ニーハオマ!?」
正和「おっぱいが呼んでますって、麻生さん、行きましょう！」
麻生「言ってない、おっぱいなんて言ってないですって」

12 同・路地の向こう

まりぶが中国語を交えて客引きしている。

まりぶ 「ルーファン、ニーハオマ!? (おっぱい、いかがっすか!?) ルーファン、ニーハオマ、社長サン!」

正和 「……まりぶくん」

麻生 「……あいつ、帰ってたのか」

まりぶ 「(韓国語) イカゲームよりおっぱいゲームじゃないスか? (タイ語) サワディカップよりGカップなんじゃないスか? (日本語) 分配よりおっぱいなんじゃないスか?」

正和 「……アップデートしてない!」

まりぶ 「(気づいて) お、坂間っちじゃーん!」

13 『鳥の民』(回想・5年前) *SPより

まりぶ、自身の野望を熱く語る。

まりぶ 「考えてみ、中国大陸には、エビチリ食ったことねえ中国人が13億人いるんだぜ、こんなうめえ話ねえじゃん！　だから中国渡って、超うめえエビチリ専門店を作ろうと思って。まずは１年」

14　坂間家・居間（日替わり）

まりぶ、中国で撮影した写真を見せながら、

まりぶ「いやー甘かった！　エビチリが日本発祥の中華だってのは本当で、最初は繁盛したんだよ。けど、調子に乗ってレシピ動画アップしたら、あっという間に中国人にパクられて、タピオカの店が次々エビチリの店になって、３ヶ月で潰れました、蛇柄も今はここだけ（と蛇柄のベルト見せる）」

和　代「あら、エビチリって中華じゃないの？」

まりぶ「そうなんですよ、お母さん、だから次は、冷やし中華の店出そうと思ってんだけど……」

臨月の妻ユカ、長男おらふ（１歳）を抱っこしている。

ユ　カ「おっぱいあげていいか？　お父ちゃん、おっぱい、私ぜんぜん気にしないよ、男性、下向いとけ」

まりぶ「何しろ家族５人、養っていかねえと……」

ユ　カ「まりぶ、今あげないと時間ズレちゃうよ、おっぱい」

まりぶ「うるせえな、黙ってやってこい、暗がりで」
ユカ「私、ずっと誰かにおっぱいあげてる、たまらないよ（奥へ）」
正和「……つーわけで、兄貴、しばらく、うちで働いてもらうってのは、どうかな」
まりぶ「おねがいします！」
宗貴「……まあ、ちょうど繁忙期に入るけど……」
みどり「新酒の仕込みも始まるけど……」
みどり、宗貴、ゆとりの顔色をうかがう。
ゆとり「……え、私？」
まりぶ「……久しぶり」
正和「（二人の顔を交互に見て）……あああっ！」

× × ×

インサート（回想・連ドラより）
まりぶとゆとり、ラブホテルで密会（7話）
ガールズバーで仲睦まじい二人（5話）

ユカ「（字幕）あんたの妹、狙ってるから気をつけな！」

× × ×

正和「ダメじゃん！　お前ら、付き合ってたじゃん！　ガールズバーの店長と……ガールじゃん！」

まりぶ「ごめん、まさか忘れてるとは……」

正　和「危ないとこだったー、ダメダメダメ！　絶対ダメ、帰って！」

ゆとり「私、べつに平気だけど」

正和／まりぶ「……平気なんだ」

ゆとり「うん、もう黒歴史？　何の感情もない」

正　和「お、お前が平気でも、お兄ちゃんたちはモヤモヤすんだよ」

茜「私も賛成でーす」

正　和「茜ちゃん……」

茜「いいじゃん、栞、すっかり懐いてるし」

せれぶ（6歳）と栞、萌、悟、仲良く遊んでいる。

茜「時々遊びに来てくれたら、うちも助かる」

和　代「多数決で決めたらどう、賛成の人～」

一　同「はーい！」

和　代「反対の人」

正　和「はーーーい！　……って俺だけ!?　なんだよ、これ！」

まりぶ「精一杯頑張ります、ゆくゆくは『大吟醸ゆとりの民』の大陸進出も視野に入れて」

和　代「あら、中国の人も、日本酒飲むの？」

まりぶ「お母さん、上海も北京も今、日本酒ブームなんですよ」
ユカ「ダッサイ、クボタ、ハッカイサンね」
宗貴「……中国か（ニヤリ）」
みどり「（すかさず）やめてよ！」
宗貴「まりぶ君、実はアジア進出は、常々考えていたんだ」
みどり「その顔！　あーやだやだ、失敗の予感しかしない、失敗顔！　失敗する前に、大吟醸ゼリーの在庫なんとかして！」
茜「まあ、最終的に決めるのは服部さんなんだけど」
まりぶ「……はっとりさん？」

15　坂間酒蔵・酒蔵

正和「杜氏《とうじ》の服部一幸さん」
いかにも昔気質の、気難しそうな杜氏の服部一幸。
豊臣ら蔵人が樽の掃除をしている。
和代「若い頃、うちで修業して、今や日本を代表するカリスマ杜氏なんです」
雑誌『酒と肴』の服部一幸特集の記事とグラビア。
『流浪の名杜氏、その技と匠』

みどり「一幸さんが杜氏を務めた銘柄は、必ずその年のベスト5に入るんです」
まりぶ「どんだけえ〜」
服部「……」
まりぶ「今のは完全にふざけました、すいません、今のが最後です」
豊臣「……じゃあ、まりぶさんが、俺の……舎弟って事っスか？」
服部「まだ雇うとは言ってねえ!!」
まりぶ「……おお〜（身震い）」
服部「正和坊っちゃんの友達だからって、特別扱いはしませんから。仕込み始めたら来年の3月まで、正月も含めて、1日も休みなしだぞ、できるか？　毎朝5時起き」
正和「あ、どっちみち、住み込みでやってもらうんで……」
服部「お前に聞いてんだよ！」
まりぶ「あ、はい、できます、やらせて頂きます！」

16　レストラン（夜）

ワインが数本空いている。

山路「（ニヤニヤ）言っちゃおうかなー」
麻生「山路さん、私このあとリモートで3件ほど入ってまして……」

Dionysos
GRAND CRU

山路「分かっちゃったんですよ、山路の恋愛パターン。題して、山路一豊、教育実習生しか愛せない説」

麻生「……聞きましょうか」

山路「もともと初恋が教育実習に来た女子大生なんですね、小4の秋、相澤きみえ先生、可愛いかったぁ、ボブカット似合ってて。それから毎年小中高と、教育実習生とボブカットに恋して来ました……その集大成が佐倉悦子の乱。山路一豊史上もっとも女性に？　女体に？　接近したと言われる、2016佐倉悦子の乱」

麻生「ハハハ、テストに出るかな」

山路「いやー、振り回されましたー。それまでは、好きになる女性が、たまたま？　教育実習生なのかな？　と思ってたんですが、違う。教育実習生しか愛せないんです、その証拠に正規採用された教師にはなんの魅力も感じない、あんなの、ただの同僚です」

麻生「……確か……お母さんとも、いい関係に」

山路「奈々江さん！　シングルマザー！　転校生のお母さんて、だいたいバツイチですよね」

麻生「（周囲に）あくまで個人的見解ですよ」

山路「要は訳あり物件でしょ、想像するだけで……興奮しますよねぇ」

麻生「……山路さん、それね……他の人には絶対言っちゃダメですよ、私は山路さんのこと知ってるからいいけど、品性を疑われます」

山路「その山路的、恋のダブルトレンドが、この秋、同時に攻めて来るんですよ！」

麻生「教育実習と転校生が同時に来る、なるほど」

山路「しかも転校生は二組。三つ巴の戦いですよ。あーやばい、やばすぎてここんとこ眠れません、休んじゃおうかな」

麻生「休んじゃダメでしょ、何も始まらない」

山路「そう思って、台本書いて来ました」

ルーズリーフを閉じた分厚い台本を出し、

山路「教育実習生と恋に落ちるオーソドックスなパターンと、転校生のお母さん二人に同時に言い寄られた山路が……」

麻生「休んだ方がいいかもしれない！　山路さん、明日休みましょうか」

17　阿佐ヶ谷南小学校・職員室（日替わり）

平静を装いながら自席へ向かう山路。

山路「おはようございますー」

実習生の望月が立ち上がり「あの」と声をかける。

山路「（あえて目を向けず）なにかー？」

望　月「望月かおりです、本日から教育実習生として……」

と、近づこうとして、屈強な男性（脇田）と肩がぶつかり、抱えていた筆記用具、教科書が落ちる。

望　月「あ、ごめんなさい（屈んで拾う）もう、これラグビーだったらノックオンですね」

山　路「……（じっと見つめる）」

教　頭「山路先生（手招き）転校生と親御さんがお待ちです」

山　路「はいはいあー忙しい（実習生に）ちょっと待ってね」

軽やかな足取りで応接スペースへ。

タイ人女性とその息子（長身）、アメリカ人夫婦とその息子（ポッチャリ）がいる。

教　頭「アンソニー君とトンチャイ君」

アンソニー「ハーイ」

トンチャイ「サワディカ～」

山　路「……え、転校生って」

教　頭「そうなの、たまたま今回、国際交流になっちゃって（流暢な英語で）こちら担任の山路先生です」

アンソニーの両親、立ち上がり山路にキス＆ハグ。

アンソニーの母「（英語）頼もしいタフボーイだわ」

教　頭「お二人は大変な親日家で、インターナショナルスクールではなく、あえて公立の

　　学校を選ばれたそうよ」

アンソニーの父「（英語）頼んだよ、最愛の息子を立派なサムライに育ててくれ」

18　坂間酒造・酒蔵（夜）

　　泥酔している山路、正和、まりぶの三人。

まりぶ「そっかー、山ちゃん外国人はＮＧかー」

山　路「ＮＧじゃないけど、明日からタイ語の勉強ですよ、英語もままならないのに」

正　和「グローバル化でしょ、アップデートお願いしますよ」

まりぶ「そうなると教育実習生に賭けるしかねえな」

19　阿佐ヶ谷南小学校・職員室（回想）

　　望月が山路を見上げている。

山路（ＯＦＦ）「ポニーテールで化粧は薄め、スレンダーながら胸はＢよりのＣ、いやＣよりのＤはあろうかという、着やせするタイプと見た……」

望　月「円山先生、ご指導ご鞭撻のほど、よろしくお願いします！」

20　坂間酒造・酒蔵（回想戻り）

山路「総合点かなり高め、ハッキリ言ってどストライクなんですが……いかんせん僕は……円山先生じゃない」

21　同・職員室（回想）

円山「（立ち上がり）円山、こっちですけどー」
望月「やだやだ、間違えましたあ！（円山に駆け寄る）」
円山「ちょっとちょっとお、山路と間違われるなんて、超心外なんですけどー。どした？もっちぃ、俺に、どうして欲しい？（頭ポンポン）」
　屈強なラガーマン、脇田が熱い眼差しで訴えかけてくる。
山路「……なんですか？」
脇田「山路先生ですよね、教育実習の脇田です！」

22　坂間酒造・酒蔵（回想戻り）

まりぶ　「ラガーマンもＮＧかー」
山　路　「ＮＧですねえ！　最もＮＧです！」
まりぶ　「意外と好き嫌い多いね」
正　和　「確かに、教育実習＝女子って、勝手にイメージしてたけど、2分の1の確率で男だよね」
山　路　「つーか、なんなんだよ円山！　頭ポンポンしてんじゃねえよ！　どうして欲しい？　消えて欲しいわ！　ファッション童貞円山！　あーあ、今年の山路はもう終わり、来年の山路にご期待ください、よいお年を！」
正　和　「まだ10月だよ」
まりぶ　「なにあれ」

まりぶ、ＹｏｕＴｕｂｅ配信用の機材を発見。

正　和　「ああ、ＹｏｕＴｕｂｅ」
まりぶ　「え、坂間っちユーチューバーなの!?」
正　和　「……でも、やめる、向いてないみたい」
山　路　「俺もそう思う」
正　和　「……え、見たの？　なんで知ってんの!?」
山　路　「麻生さんに教わって、ごめん、低評価つけました」
正　和　「マジかよ！」

山路「え、まりぶ君もやってる?」
まりぶ「……中国はYouTubeないから」
山路「確かLINEもTwitterもインスタも」
まりぶ「……ない、それに代わる動画サイトはあるけどね……そっか、そうなんだ」
パソコンの前に座って、何かひらめいた様子のまりぶ。

23 坂間家・居間

仏壇に手を合わせる服部。熱燗を持って来る和代。
服部「……おかみさん、明日もよろしくお願いします」
和代「あら、1本つけたのに」
服部「……じゃあ、遠慮なく、頂きます」
和代「ありがとうね服部、戻って来てくれて、本当、助かってる」
服部「いやいや、おやっさんには、世話になりましたから」
和代「お父さんも喜んでる、きっと」
服部「……」

24 坂間酒造・酒蔵

パジャマ姿の茜がやって来て、

茜　「お風呂いただきましたー……お、山路じゃん」

山路「うっす」

茜　「来てるならＬＩＮＥぐらいしてよ」

山路「ごめんごめん、もう帰るとこ」

茜　「駅まで送ろうか？」

山路「それ助かる、いい？」

茜　「もうちょっと飲んでて、車回して来るから」

と、去って行く茜。

正和「え、ＬＩＮＥしてんの？」

山路「あー、うん、たまに」

正和「そうなんだー」

山路「……あ、でも、あれよ、グループＬＩＮＥよ」

正和「そうなんだー、へえ、初耳」

山路「……」

坂間
純米酒
坂間誉

正　和「え、どんなグループ?」
山　路「だから、俺と、茜ちゃんと、まりぶくんと、山岸」
正　和「……それ絶対、俺の悪口で盛り上がるグループじゃん!」

とか言ってると、山岸からビデオ通話。

正　和「(出て)てめ、俺の悪口言ってんだろ!」
山岸(LINE)「え、なんスか?」
山　路「(映り込み)なんでもなーい」
山岸(LINE)「先輩、明日、時間あります?　新しい上司と会って欲しいんですけど」
正　和「……いいけど、なに?」
山岸(LINE)「……あんまり良い話じゃないっぽいス」
正　和「……」

25 辛心食品・会議室(日替わり)

正和と対峙する、営業課長のチェ・シネ氏。

チェ氏「……」
正　和「(目が合い)……あにょハセヨ~」

間が持たず、貰った名刺を見て、

正　和「チェ・シネさん……あ、スーパーバイザー兼任なんだ」
チェ氏「……」
正和、翻訳アプリを立ち上げ、音声入力。
正　和「私の、妻も、この会社の、エリアマネージャーだったんです」
韓国語訳音声とハングル文字を見せるがリアクション薄く。
正　和「……あにょハセヨ～。……遅いな山岸」
電子音と共に、壁かけモニターの分割画面に山岸の顔。
山岸（画面）「おはようございまーす……あ、先輩！」
正　和「え、リモート？」
山岸（画面）「え、対面て言いました？」
正　和「言われてない、リモートとも言われてない」
山岸（画面）「いや、招待リンク送ったし、対面なら対面て言うし」
正　和「……来れない？　さすがに二人きりはキツイわ、今どこ？」
山岸、電波状況が悪く、以降たびたび画面が固まる。
正　和「山岸？　おーい、山岸～」
山岸（画面）「……あ、させん、自分ソロキャンプ中で」
正　和「はぁ!?」

26　絶景のキャンプ場

上半身だけスーツの山岸、優雅にソロキャンプを満喫中。

山　岸「富士宮なうっす。いやー、こうやって大自然に囲まれてると、営業とかミーティングとか？　つくづくちっぽけ……」

27　辛心食品・会議室

正　和「ちっぽけなミーティングのために八王子から来てるんだよ!」

山岸（画面）「ミアネヨ～（ごめんなさい）」

と、手を合わせた姿勢で画面が固まる（声は正常）。

正　和「頼むよ山岸、韓国疎いんだから、アニョハセヨとパラサイトしか知らないんだから」

山岸（音声）「早川さん来てないスか？　若手社員も二人、もうすぐ来ると……あ、来た」

電子音が3回続けて鳴り平田、小野、早川が画面に現れ、

平田（画面）「おはようございまーす」

小野（画面）「おはようございまーす」

早川（画面）「おー、坂間くん、久しぶり、ちょっと痩せた？」
正　和「……ああ、今やっと、自分が間違ってるんだって気づきました、すいません、お邪魔しちゃって」
チェ氏「（流暢な日本語で）本社の判断で、今後はマッコリをメインコンテンツに据え、日本酒は撤退の方向でまとまりました。今月で契約終了となります、お疲れさまでした」
正　和「……なんだ、日本語でいいんだ」
チェ氏「……」
正　和「えええっ!?」
山岸（画面）「ミアネヨ～」
正　和「みあねよーじゃねえよ、契約終了って、切られるってこと？」
山岸（画面）「……（固まっている）」
正　和「ねえ、早川さん！」
早川（画面）「ミアネヨ～」
正　和「いやいやいや、ちょっと待ってください……専属契約なんですよ、『ゆとりの民』は。他の店には一切卸してないんです」
チェ氏「（遮り英語で）それはそちらの事情ですよね」
正　和「……英語（絶句）……今月いっぱいって……日本酒は、1年単位なんです、材料

も仕入れて、職人さん集めて、これからって時にそんな……一方的すぎます、せめて理由を……」

チェ氏「理由は簡単です……」

正　和「……」

チェ氏「(韓国語) 売り上げが伸びないからよ」

正　和「(翻訳アプリを立ち上げ) すいません、もう一回、ゆっくり」

チェ氏「(舌打ち)」

小野 (画面)「画面共有させて頂きますね」

パワーポイントで作成した最新のグラフが出現。

小野 (画面)「こちらが、国内における日本酒の消費量の推移です。焼酎、ワイン、ビールに押され下降傾向にあります。弊社における『ゆとりの民』の売り上げ本数の曲線を重ねてみると……」

二つのグラフがオーバーラップ。

早川 (画面)「分かりやすいねえ、さすがZ世代」

チェ氏「状況が変わったんです、現実を見て対処してください」

正　和「……」

チェ氏「(韓国語) これだから、ゆとりは」

翻訳アプリの音声「コレダカラ、ユトリハ……」

28　坂間酒造・酒蔵

豊臣が蔵の中を案内しながら酒造りの工程をレクチャーし、それをまりぶがビデオカメラ（Go－pro）で撮影。

豊　臣「この大きなせいろで米を蒸しますね、蒸した米を冷まして、このタンクに入れ、麹、酒母、水と混ぜあわせ、日本酒の素となる醪《もろみ》を造ります。なんといっても麹の良し悪しで酒の味が決まるので……」
服　部「何やってんだよ」
まりぶ「あ、すいません、予習です、仕事、早く覚えたくて……」
服　部「仕込みの工程は門外不出だ、目と鼻と指先で覚えて、伝承していくもんなんだ、カメラ止めろ！」

正和が、暗い顔で通りかかる。

正　和「……服部さん、ちょっといいですか？（と、母家へ促す）」
まりぶ「⁇」

29　坂間家・居間

茜　「生産中止……」
正和　「すいません……作ったとしても、卸先がないんです」
服部　「じゃあ、私ら用無しってことですか？」
　呆然とする和代、宗貴、みどり。まりぶ、豊臣も聞いている。
茜　「……で、大人しく引き下がったの？」
正和　「なわけないっしょ、食い下がりましたよ、そこは」
みどり　「偉い、さすが営業部長！（拍手）」
宗貴　「落ち着け落ち着け『ゆとりの民』の損失は、えーと？」
茜　「1本単価1500円カケル6で1ケース9千円、カケル全国に143店舗で、カケル4週で月額514万8千円のマイナスです」
みどり　「経理も優秀（拍手）」
茜　「で、どう食い下がったのよ」
正和　「だから……あと1年、延長お願いしますと……」

30　辛心食品・会議室（回想）
　土下座している正和、見下ろすチェ氏。
チェ氏　「……し……ょうがないな」

正　和「ありがとうございます！（起き上がる）」

早川（画面）「あ、土下座してたんだ、急にいなくなったから」

チェ氏「（韓国語）ただし条件を飲んでもらいます、坂間さん、新商品を開発してくださ
い」

山岸（画面）「新商品……」

チェ氏「選択肢は二つ（日本語）マッコリ、か、ノンアル」

31　坂間家・居間（回想戻り）

豊　臣「マッコリか……」

まりぶ「ノンアルって」

宗　貴「ん〰〰……究極の二択だぁ」

茜　「いや、ないでしょ、なに言ってんの！　どっちもナシ！」

×　×　×

早　川「最近は飲まない若者が増えてるからね、ビールも梅酒もハイボールもノンアルが
人気なんだよ、どうかな」

×　×　×

正　和「……一旦、持ち帰ります」

茜「持ち帰るな！　なんなの？　バカなの？」
正和「分かんないからさあ、作るの、俺じゃないし」
一同、服部に注目。
服部「（険しい表情）……マッコリは無理です」
茜「ですよね、原材料が一緒なだけで、全然違いますよね」
宗貴「そこを何とか、毎月5－4万8千円の損失は潰れるレベルですよ」
和代「服部……助けて、お願い」
服部「若おかみの言う通り、原材料は米だから技術的には可能です。ただ……杜氏として、先代までの味を継承しつつ、そこに自分の魂をどう吹き込もうかと思案していた矢先に……（怒りに震え）」
みどり「……若おかみ？」
服部「マッコリを作れと言うなら、自分は……辞めさせて頂きます」
みどり「（宗貴に）茜ちゃんが若おかみだとしたら私……何おかみ？」
宗貴「うるさい」
正和「じゃあ、ノンアルは？」
服部「（思わず語気荒く）できるわけねえだろ」
正和「……み、ミヤネヤ～」
みどり「ミアネヨね」

坂間酒造
清酒坂間

服部「全否定でしょう、俺に言わせりゃ、アルコール度数ゼロの日本酒なんて……俺に言わせりゃ、俺に言わせりゃあ！」

和代「言わなくていい！　服部、ありがとう、気持ちだけで……」

まりぶ「ゆとりゼロ」

正和「え？」

まりぶ「商品名ね。『ゆとりの民』のアルコールゼロだから『ゆとりゼロ』だなって（笑）俺に言わせりゃね」

正和「まりぶくん……」

まりぶ「日本酒のアルコール度数って何パー？」

豊臣「15パーっす」

まりぶ「じゃあ出来るよ、ゼロに、服部さんなら」

服部「簡単に言うんじゃねえ！　日本酒の味ってのは、つまるところ米と水の味なんだよ、甘み、辛み、酸味……」

まりぶ「甘くて辛くて酸っぱくてアルコールじゃないもの混ぜりゃいいんじゃないの？」

服部「違う、酵母だ！　アルコールが発生しない酵母があれば」

正和「そうなんですか？」

服部「……って、聞いた事があります。香料や調味料で風味を似せる方法もあるけど、私がやるからには、そういった添加物は一切使わず、国産米だけで勝負しますね……やるのか？（と自問）」

まりぶ「そんなのあったら絶対売れるわ、なぁ」

豊臣「はい、若者にもウケますよ、絶対」

和代「服部……」

服部「……一旦、持ち帰ります！（踵を返し）お前らもついて来い！」

まりぶ／豊臣「はい！」

一同、顔を見合わせ安堵。

32　辛心食品・オフィス

山岸、リモートでチェ氏に報告。

山岸（画面）「……というわけで、ノンアル開発の方向で進めてもらってますんで、1年延長ということで……」

チェ氏「……ヤマギシ？（韓国語）また固まってるよ、山岸！」

33　坂間家・居間（夜）

回線トラブルを装い、微動だにしない山岸。

チェ氏（画面）「ヤマギシ！　ヤマギシ！　やーまーぎー……」

そのまま一方的に回線を切り、

山　岸「……よし。お疲れさまでしたと」

キャンプ帰りに立ち寄った山岸、背広を脱ぐ。

正　和「強烈だね、チェ・シネ氏、茜ちゃん並み？」

山　岸「いや、越えてます。お父さんコリアン、お母さん日本人で、アメリカ育ち。韓国語、英語、日本語、どれが来るか分かんないし、結果日米韓３人に罵られてるみたいな感じで」

ゆとりがパソコンを抱えて下りて来る。

ゆとり「あら、山岸さん、いらっしゃい」

山　岸「やあ、ゆとりちゃん、会社辞めたんだって？」

ゆとり「……あ……はい」

山　岸「賢いよ、旅行代理店なんて、コロナの影響もろ喰らって……」

正　和「なんだ、出かけるのか？」

ゆとり「ちょっと会議～」

と、酒蔵の方へ出て行く。

茜「……山岸、やっちまったな！」

山　岸「え？」

正和「ごめん、茜ちゃん、こいつのバカの深さナメてた、底なしだったわ、つか俺、言ってないよな、なんで知ってんの?」
山岸「……本人がインスタで、辞めましたって」
茜「見ないから嫁は! 義理の妹のインスタなんかチェックしてたら正気じゃいられないから!」
正和「知らないフリで通してたんだよ、今の今まで!」
山岸「すいません……ええっ!?」
茜「友達と会社作ったんでしょ、オンラインショップ? ノルウェーだかスウェーデンだかの雑貨の買いつけ」
和代「一応、社長なのよね」

34 坂間酒造・酒蔵

ゆとり、上半身だけスーツ姿でリモート会議。

正和の声「本人がいいなら、いいんだけどね、別に。大企業でバリバリ働いて欲しいわけじゃないし」

35 坂間家・居間

正和「けど、家族が見たら完全ニートじゃん。昼間ゴロゴロして、気ままにパソコン開いて、北欧の雑貨か何か知らないけど現物見たことないし。……古いのかな、俺みたいな考え方、古いんだろ？　アップデートしなきゃダメだよな。テレワークにも対応しなきゃ……」

茜「いや、無理でしょ、まーちんは、パソコンに向かって土下座できる？　できないっしょ」

山岸「実際、対面の土下座、まだ効果あるって証明されたし」

仏壇の方からチーンと音がする。

和代「母さんなんか、ずっとあの世とテレワークだよ、ねえ、お父さん、どうします？酒蔵、そろそろ、たたんじゃいます？」

と、夫の遺影に語りかける和代。

正和「……」

36 坂間酒造・酒蔵

ゆとり「……うん、じゃあ退出しまーす」
と、リモート会議が終わると、背後にまりぶがいて。
まりぶ「……え、なに？（身構える）」
ゆとり「いや、そこ、一応、俺のベッドなんだ」
倉庫の片隅に置かれたソファベッドに座っていたゆとり。
まりぶ「あ、ごめんなさい（立ち上がり）」
ゆとり「大丈夫だよ、そんなに構えなくても」
まりぶ「別に、普通にしてるつもりだけど」
ゆとり「……ホームページとかある？　会社の。ベビーベッド買おうと思って、北欧の？」
まりぶ「まだインスタしかない（と名刺を出す）」
ゆとり「ありがと」
「おやすみなさい」と、パソコン抱えて去るゆとり。
まりぶ「（ため息）……構えてんの、俺の方だわ」
と、配信用パソコンの前に座るまりぶ。
Ｇｏ－ｐｒｏとパソコンをＵＳＢケーブルでつなぎ、動画をパソコンに落とし込む。

×　　×　　×

ＰＭ11：20。先ほどの、居間での首脳会議の映像を、馴れた手つきで編集するまりぶ。
まりぶ「……（真剣な目つき）」

茜の声　「持ち帰るな！　なんなの？　バカなの？」
　茜の怒号を中国語に訳した字幕を入力し、フォントを選択、漫画っぽい吹き出しに収める。
まりぶ　「(クスッと笑う)」
　茜の怒号を、しつこくリフレインさせた編集。
茜　「なんなの？」
茜　「バカなの？」
茜　「ばばっ、ば、ばっ、ばっ、バカなの？」
正和　「……ミヤネヤ～」
服部　「マッコリは無理です」
まりぶ　「(笑いが込み上げ)」

×　　×　　×

　ＡＭ２：00　照明機材を設置し、派手な衣裳に着替え、素性が分からないようにメイクを施す。

×　　×　　×

　ＡＭ２：30　防音用のカーテンで覆い、鍵をかける。

×　　×　　×

　複数台のカメラを自分に向けＲＥＣボタンを押し、テンションを上げ中国語で喋り始める。

まりぶ　「（中国語）ニーハオ、エビチリ大王でぇす。今回のチャレンジの舞台は、エビチリ大王の故郷、日本でぇす！　そんな日本で何をするかと言うと……」

中国語のフリップを出す。

まりぶ　「『日本のイケてない酒蔵で働いてみたー!!』」

37――**中国の動画サイト内の番組**

『日本のイケてない酒蔵で働いてみたー!!』

軽快なBGM、YouTubeのようなキレのいい編集。

まりぶ　「もちろん、彼らは撮られていることを知りません！　なんと言ってもいちばんの吊絲《ディアオズー》（＝負け犬）は……マーチンことサカママサカズ、36歳！」

正和の静止画に『吊絲（負け犬）』のハンコ。

まりぶ　「マーチンの何が吊絲（負け犬）かって？　とにかく恐妻家で、鬼嫁アカネに逆らえない！」

茜の静止画に『鬼嫁』のハンコ。

まりぶ　「それもそのはずアカネはマーチンの元上司、伝説の営業ウーマンだったのです。四六時中、妻のご機嫌をうかがう負け犬の生態をご覧下さい、念のため、プライバシーに配慮した編集になっております」
☆タイトル『吊絲正和ＶＳ鬼嫁茜』

38　坂間家・台所（動画）

正和と茜の夫婦喧嘩の一コマ（隠し撮り風）。
目元にボカシ入っているが、度々ズレて、顔が露出する。

茜　「（料理しながら）冷蔵庫開けてから何飲むか決めるの、やめない？　栞がマネするから」
正和「決まってるよ、麦茶だよ（コップに注ぐ）」
茜　「卵、なんこある？」
正和「1、2、3、4こ（飲む）」
茜　「それめんつゆ」
正和「ブブ――ッ!!　言ってよ早く！」
おびただしい量のコメント（弾幕）で画面が埋め尽くされる。
『ｗｗｗこの夫婦なごむ』『吊絲頑張れ』『鬼嫁最強』
まりぶ「わっはっはっはっは……マーチン最高。そんな坂間家が、最大の危機に襲われた、なんと！（テロップ）『ノンアルコールの日本酒を作れ！』というミッション！」

39 坂間酒造・酒蔵（日替わり）

正和、まりぶ、豊臣が『ゆとりゼロ』の試作品を飲む。

服部「どうです？　坊っちゃん」

正和「……美味いです」

服部「正直に言って下さい（豊臣に）どうだ？」

豊臣「……米のとぎ汁みたいですね」

まりぶ「米のとぎ汁みたいで、美味しいって意味だよな？」

服部「（試作品を捨て）やり直し！」

40 坂間家・玄関

茜、郵便物の中に、中国からの封筒を発見する。
『坂間正和』宛てで。

茜「??」

41　坂間酒造・酒蔵（夜）

まりぶ、睡魔と闘い、動画編集する。

42　同・酒蔵（日替わり）

目隠しした正和の前に『ゆとりの民』と『ゆとりゼロ』。
正和、二つの匂いを嗅いで、

正和「……あ、匂いは一緒！　わかんない！」
服部「よしっ！　じゃあ、飲み比べてください」
正和「（飲んで）こっちは……米のとぎ汁ですか？」
服部「やり直し！」

43　阿佐ヶ谷南小学校・体育館

脇田の指導でラグビーの基礎を教わる男子児童。

脇田「パスは後ろ、前にボールを投げたり、落としたら反則だぞ」

スクラムからゲームが始まる。転がり出たボールを拾い、パスを繋いで行く子供たち。

アンソニー「Ｓｈｉｔ！（字幕で「クソッ！」）」

山路、息を切らし、ついて行くのがやっとで、

脇田「山路先生、無理はケガの元ですよ」

山路「（小声で）……だからって無理すんのやめたら、あ、さっきまで無理してたんだってバレちゃうだろうが」

脇田「（追いつき）女子はこの時間、なにを？」

山路「聞いてません？　１組と合同で保健体育です」

脇田「最近の性教育は男女一緒に受けるって聞きましたが……」

山路「うちは去年、ＬＧＢＴ教育のモデル校に選ばれたんです」

44　同・教室（回想）

山路「レズビアン、ゲイ、バイセクシャル、トランスジェンダー。コレらの意味は聞いた事ないと思います。みんなは、同性の友達との違いに違和感を感じた事はないかな!?」

生徒達、内容が飲み込めず大騒ぎ。

山路（ＯＦＦ）「これからは多様な性に関して、知識を深める教育を推奨しましょうと。た

だ……さすがに早過ぎた」

山路「静かに!　しーずーかーに!」

45　同・体育館（回想戻り）

山路「というわけでＬＧＢＴについては当面、男女別々にやろうと」

脇田「危ない!」

山路「え?」

頭上にラグビーボール。トンチャイとアンソニー、揉み合いながらジャンプ!

46　同・廊下

救急車のサイレン。

アンソニーの両親、トンチャイの母、血相を変えて来る。

47　同・保健室

教頭、太田、円山、島本、脇田らが集まっている。

アンソニー母「Ａｎｔｈｏｎｙ！」
教頭「お母さん……」
アンソニー父「（英語）なんだ！　どうした！　アンソニーの身に何があったんだ、答えろ！　待て！　聞きたくない、何も言うな！　何があった！　答えろ！　待て！　聞きたくない！　何があった！」
太田「誰か助けて……」
円山「落ち着いてください、ドントウォーリー、ビー、ハッピー」
トンチャイ母「……トンチャイ」
アンソニーとトンチャイ、目立った怪我はなく、ポータブルゲームで遊んでいる。
島本「Ａｈ～……どうぶつ、の、ＭＯＲＩ？」
アンソニー母「（跪き脚を触り）どこ、折れたの右？　左？　どっち！」
脇田「いや、折れたのは彼らじゃなくて……」

48　同・体育館（回想）

脇田「危ない！」
山路「え？」
トンチャイとアンソニー、揉み合いながらジャンプ！

　　脇田、とっさの判断で山路に渾身のタックル。

山　路「え!?」

　　鈍い音と共に肋骨と足首に衝撃。

49　同・保健務室〜廊下（回想戻り）

　　担架で搬送される山路、足首と肋骨が折れている。

太　田「山路先生が下敷きになって、二人は、かすり傷で済みました」

山　路「……あのタックル必要だったかな」

トンチャイ母「（タイ語）申し訳ございません」

アンソニー父「（英語）ちょっと待ってくれ、アンソニーは加害者だと、そう言いたいのかね!」

太　田「いや、そんなつもりは……」

　　茜が駆けつけ、

　茜「山路!?　だいじょぶ山路!」

山　路「あー茜ちゃん、やっぱり来ちゃった、ごめんね、俺、友達いないから、緊急連絡先ずっと茜ちゃんのままになってて」

アンソニー母「（英語）だいたい小学校の体育でラグビーなんて」

カットメン

教頭「なんでラグビーなんかやったのって」

山路「すいません、脇田先生がラガーマンだって話から……」

茜「お話中すいません、山路、荷物、職員室?」

山路「うん、ごめん」

脇田「自分が、危険なプレイをつい見逃してしまい……すみません!」

山路「ていうか、あのタックルは必要なかったと思うよ」

アンソニー父「(英語)『スイマセン』『ごめん』聞き飽きた、アメリカでは、学校で起きた事故は学校が全責任を負うものだ!」

アンソニー母「(英語)顧問弁護士宛てに報告書を提出してください!」

茜「はいはい、あと、お願いしますね!」

山路の荷物を抱え救急車に乗り込むと、バックドアが閉まる。

50 病院・病室

茜「着替えここね、帰ってまーちんに見せるから、写真撮らして」

正和のスウェットを着た山路。

茜「すごかったね、さっきの保護者、アメリカ人?」

山路「とにかく責任、Responsibility、絶対引かない、謝らない」

茜　「訴訟王国アメリカ」

山路　「デカい声で、しかも英語で一方的にまくしたてられるとさ、それだけで正しい気がしちゃうんだよね」

茜　「タイは微笑みの国だしね、可愛かったな、あの子」

山路　「ここだけの話……トンチャイの方が女子にモテる」

茜　「正しさだけじゃないんだよ、女は」

山路　「萌ちゃんは？」

茜　「……」

山路　「こないだ寝てて会えなかったからさ。栞ちゃんは会った事あるけど。憶えてるかな、小さい頃、ウンチ拭いてあげたの」

茜　「……あれ？　萌？　……栞は幼稚園でしょ……萌は？　萌は!?」

山路　「なに、どうした？」

茜　「いやいや……（笑）すっかり忘れてた……え、萌どうしたっけ！……あ！　おばあちゃんとお散歩」

山路　「……よかった」

茜　「あー……焦った。こんな長い時間、一緒にいなかった事なかったから……うん……ずっとこう（抱っこ）だから。うわー、なにこれ身軽ぅ（笑）」

山路　「（つられて笑う）あははは」

茜「山路ごときで忘れられんじゃん、栞のことも萌のことも、山路の骨折ごときで、5時間も忘れられたアハハ……ううッ（泣）」

山路「え、なに、どうした茜ちゃん」

茜「産後うつとか言うんだよ、市役所のやつ。萌に話しかけるフリして、服の袖、サッとめくって、虐待の痕、ないか調べて、なに？　虐待したら預かってくれんの？　本当うんざり。ホームページのチェックシート、見て（読む）『気分の浮き沈みが激しい』『子供を可愛いと思えない』『パパを避けてしまう』『以前は楽しんでいたものが楽しめない』全部マルでしょ、こんなのさ！　みんなそうでしょ、違う？　ママ友のインスタ見たくないのに見ちゃって劣等感とかさ。オーガニックカフェでランチ。あんなの嘘だよ知ってるよ、でもじゃあ私の生活が荒んでるのも嘘？　頭ボサボサで、帳簿めくったら指カッサカサで、あーあ、せっかく忘れてたのに全部思い出しちゃったじゃんかよ山路！」

山路「ごめん」

茜「（頭振り）……よかった、山路がいてくれて」

山路「え？」

茜「……忘れて思い出してスッキリした、ありがとうね、緊急連絡先、私も山路にしとくわ」

山路「正和くんは？」

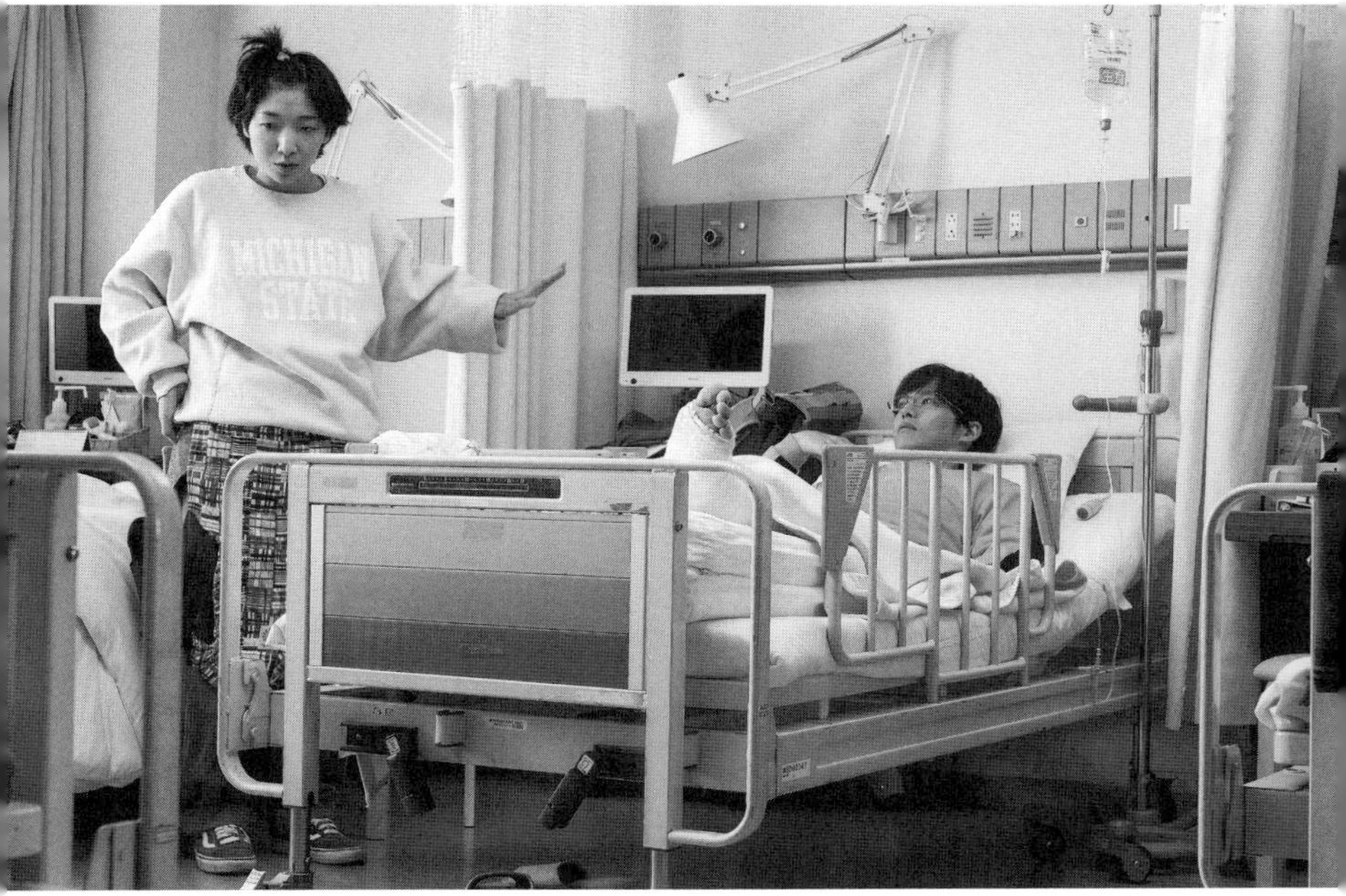
MICHIGAN
STATE

茜「……」

山路「……ごめん、今みたいな話、さりげなく正和くんに伝えられたら、俺も友達としての価値が……」

茜「言ったら絶交な」

山路「ごめん、分かってる」

茜「つーか、浮気してっから」

山路「……誰が？」

茜「……」

山路「……え!? うそ！ なに！ え!? なんで!?」

茜、中国から届いた封筒を放る。

茜「こんなの買ってたんだよ、中国から」

中身は大量の錠剤シート『男根神』の文字。

山路「それって……バイアグラ……的な？」

茜「でしょうね、男根の神って書いてあるもんね！ こっちは家事も育児もワンオペで頭おかしくなりそうなのに」

山路「いやいやいや、坂間くんに限ってそんな」

茜「だって1年だよ、もう1年ごぶさたなんです！」

山路「……」

茜　「リアクション薄っすい！」
山路　「いや……1年が長いか短いかくらいは、頭では分かるけど」
茜　「童貞だもんね」

51　坂間酒造・酒蔵（夜）

まりぶ　「（中国語）本題に入る前に、お願いです。坂間酒造宛てに最近こういうのが大量に届きます」

中国から届いた精力剤の数々を紹介する。

まりぶ　「『男根の神』『勃鬼夜行』『夜のキングダム』（中国語）やめて下さい。坂間夫婦はセックスレスですが、まーちんはEDではありません。今日はそんな、営業部長まーちんの奮闘記です」

52　マッコリ食堂『豚の民』

正和と宗貴、座敷で土下座態勢。遅れてきた山岸。

山岸　「ううわ、ビックリした、え、なに？」
宗貴　「試行錯誤を重ねて来ましたが、お約束の期限までに、納得行くレベルまで達する事が出来ませんでした」

まりぶ　「日本酒の風味を出すために、14種類の酵母を試しました」
正　和　「……あ、彼は杜氏の代理の道上くん」
まりぶ　「ただ発酵させると、どうしてもアルコールがゼロにならず」
チェ氏　「(舌打ち)」
まりぶ　「(耐える) すいません」
早　川　「……じゃあ、契約終了ということで」
宗　貴　「ただ、うちも家族や職人さんの生活がかかっていますので、簡単に引き下がるわけにはいかないんで……その……な?」
正　和　「チェ・シネさん、お酒は、強いですか?」

『ゆとりの民』の一升瓶と、マッコリの瓶を並べる正和。

チェ氏　「……」
宗　貴　「弟が、飲み比べをしたいと申しております」
正　和　「私がマッコリを、シネさんは大吟醸『ゆとりの民』を飲んでください、日韓交流です」
宗　貴　「弟が勝ったら、契約延長を検討して頂きたいのです」
山　岸　「いや、先輩、マズいですそれ、アルハラ」
早　川　「今の時代、飲酒の強要はハラスメント案件だから……」

宗貴「もう一度チャンスをください、この通り！」
チェ氏、お猪口を一つ手に取り、
チェ氏「（韓国語）マッコリのアルコール度数は日本酒の半分です」
チェ氏、マッコリ用の大きな器を正和に突き出す。
山岸「……やるの!?」
『ゆとりの民』をお猪口に注ぐ正和。
マッコリを器に注ぐチェ氏。
正和「……」
チェ氏、『ゆとりの民』を一気に飲んで、
チェ氏「（思わず）マシッソヨ（字幕・美味しい）」
正和も対抗して、マッコリを一気にあおる。

53 坂間酒造・外

茜のスマホに山岸からＬＩＮＥ。
『契約延長をかけて』『飲み比べ始まりました！』
茜「は!?」

54 マッコリ食堂『豚の民』

常連客とスタッフが見守る中、チェ氏があおったお猪口を逆さにすると「おお〜」と、どよめきが起こる。

野上「すげえよ、コリアの姉ちゃん、男顔負けだ」

早川「野上さん、もう、言うこといちいち問題発言」

一方の正和、だいぶ酔って目が据わっている。

正和「……」

中森「坂間さん、もともと、酒強くないですからね」

野上「助太刀しようか、坂間さん……」

チェ氏「(睨みつけ) うるさい! 外野はすっこんでろ! ハゲ!」

野上「いいねえコリアの姉ちゃん、そんな日本語どこで覚えたの」

チェ氏「これくらい、韓国人みんな喋れる、日本語、第二外国語だからね」

冬美「似てるって言いますよね、日本語と、文法とかぁ単語とかぁ」

山岸「……すいません、コイツ、俺のコレ的な?」

チェ氏、さらに手酌で飲みながら、

チェ氏「似てるなら、なぜ勉強しない? 日本人、韓国語、必要ないと思ってるから、違

う!?」

冬美　「……すいませぇん（半泣き）」

チェ氏　「ふん（英語）英語で話しかけると日本人ニヤニヤしながら後ずさるだけ、だから日本語で話しかけるしかない」

早川　「アハハ、もうそのへんで」

チェ氏　「……ハタラキカタ、ハタラキカタ（韓国語）働いた事もない新人に働き方が分かるか！（日本語）ダカラ日本、韓国にも、中国にも抜カレタ、もう勝テナイ」

まりぶ、Ｇｏ-ｐｒｏで撮影しながら、

まりぶ　「勝たなきゃダメかな」

チェ氏　「（韓国語）……これだから、ゆとりは」

まりぶ　「（中国語）おっぱいが世界を救うんじゃねえの？（日本語）ねえ、野上さん」

野上　「（九州弁）せからしか、きさん、ぼてくりこかすぞ!……あ、第二外国語、出ちゃった（笑）」

一同　「あははは……（と何となく和む）」

まりぶ　「言い方悪いけど、あんたが勉強したのは、日本人をねじ伏せるための日本語なんじゃねえの？」

正和　「……まりぶくん、ダメ」

まりぶ　「別にいいけど、それだと距離縮まんねえわ、あんたと」

チェ氏　「(舌打ち) 死ね!」
まりぶ　「チェ・シネ氏から『ちぇ死ね!』頂きました!」
正　和　「まりぶくんっ!」
チェ氏　「(まりぶを指差し) ……オマエ、勝負するか?」
まりぶ　「おお、受けて立つよ」
山　岸　「いやいや課長、もう無理ですって、酔ってますから」
まりぶ　「酔ってないよ」
チェ氏　「まだ飲める、今日いくらでも飲めるよ」
まりぶ　「そりゃそうだ、全然飲んでないもん」
山　岸　「はい?」

　と、一升瓶のラベルを剥がすと『ゆとり零《ゼロ》』のラベル。

まりぶ　「これ、ノンアル、ゆとりゼロ」
チェ氏　「!?」
山　岸　「……ええっ!?　そうなんスか!?」
宗　貴　「(解放され) ……ドキドキしたぁ!……あ、すいませんっ!　あの、完成したんです実は、ゆとりゼロ。私は反対したんですけど、すごく良い出来だから、絶対分かんないって弟が言うんで……」

　と言いながら、お酌して回る宗貴。

野上、村井、早川らが飲んでみて、

野上「おお……確かに、言われなかったら分かんない」

チェ氏「（韓国語）騙された……（恥ずかしい）」

早川「え、これ、ノンアルなの⁉」

宗貴「ゼロ％です。『ゆとりの民』のキレと深みは忠実に再現したので、肉料理にも合うはずです」

村井「うまい、コレ、絶対人気でるわ」

早川「買います、来月からお願いします」

チェ氏「ちょっと待って、じゃあ、マッコリも？」

まりぶ「そっちは本物」

泥酔した正和、マッコリの瓶を抱え、土間にひっくり返って意識がない。

正和「ZZZZZ……」

チェ氏「起きろ、サカナ、サカナ！」

まりぶ「サカナじゃねえから、ギョギョとか言わねえから」

山岸「飲み直しましょう、課長、ね？　ここからは本物で、ね！」

55　坂間家・居間

茜がスマホ片手に階段を駆け下りてきて、

茜「お義母さん！　服部さん！　契約続行だって！　契約……」

服部の酌で和代が熱燗を飲んでいる。

和代「あ～……酔っちゃった」

服部「女将さん」

和代「服部も飲んで」

あまりの親密度に踵を返す茜。

みどりとゆとりも、隠れて見ていた。

みどり「やべえもん見ちゃったな」

ゆとり「そっとしといてあげよ」

和代「……服部、戻って来てくれてありがとうね」

と、服部に体を預け、眠ってしまう和代。

茜「……だね」

56　高円寺の繁華街（夜）

ふらつき歩くチェ氏を見送りに出て来た山岸、まりぶ。

山岸「タクシー少ないな、呼んじゃいますね（とスマホ出す）」

チェ氏　「ヤマギシ、あれ、日本だとパワハラか？（遠くを指す）」

露店で飲んでるサラリーマン。冷麺の中身を道に捨て、焼酎をドボドボ注いで部下に飲ませる。

山　岸　「アウトでしょうね、動画撮ってるヤツいるし」

チェ氏　「あれは？」

接待なのか、泥酔した社長をタクシーに乗せて帰そうとするサラリーマン達。

社長は女子社員に抱きついて離れようとしない。

山　岸　「……アウトですね、みんな笑ってるけどシャレんなってない」

チェ氏　「あれが自分の父親だったらと思うと吐き気するわ」

まりぶ　「あれが自分の娘だったらと思うとぶっ殺してえわ」

山　岸　「5分後にタクシー来ます、自分ちょっと、先輩見て来ます」

女子社員に頬ずりする社長。

チェ氏　「あのまま一緒にタクシー乗せられて、ホテル連れ込まれたのに、泣き寝入りしたよ、私の同僚」

まりぶ　「嘘でしょ!?」

＊以下、感情的になるとハングルが混じる。

チェ氏　「取引先の幹部で有名なセクハラジジイ。てっかてかの。『光る豚』って呼ばれてた。ある時、同期の子がカラオケの個室で襲われたの」

まりぶ「ひでえ、そういうの、会社はケアしてくれないの？」

チェ氏「……上司に呼び出されて『一緒に行って謝ってやる』って言われたって」

まりぶ「謝る？　襲われたのに？」

チェ氏「『君の服装やメイクや態度に、先方に劣情を抱かせるファクターはなかったか、よく考えてみたまえ』って。それ聞いてみんな頭来ちゃってＴｗｉｔｔｅｒで拡散したの（とＴｗｉｔｔｅｒの画面見せ）見て、豚の被害者からのＤＭ１００件以上。me too me too me too。マスコミに取り上げられて、訴訟になって（笑）豚失脚、遺族にも感謝されたよ」

まりぶ「いぞく……」

チェ氏「自殺したんだ、その子。バッシングに耐えられなくてね」

スマホの画面、被害者女性とチェ氏の2ショット。

チェ氏「……で、私も左遷されて日本、来ました。日本人、ねじ伏せるために」

まりぶ「……そうなんスか」

チェ氏「（韓国語）放っときゃ良かったのかな。自分が何されたわけじゃないんだから。自分が何されたわけじゃないのに騒ぐんじゃねえって風潮が、とにかく許せなくて（舌打ち）まだやってるよ！」

しつこい社長を女子社員から無理やり引き剝がし、タクシーに押し込んでドアを閉める男性社員。走り出すタクシーに頭下げる。泣いている女子社員をなだめる同僚ら。堪えられず、走り出すチェ氏。

まりぶ「やべえって！」

信号待ちのタクシーに追いつきボンネットに乗るチェ氏。

まりぶ「パンツ見える！　姉ちゃん、パンツ見えちゃうから！」

チェ氏「（韓国語）なに見てんのよ！　見てるだけの豚！　降りて来い！　豚！」

57 見知らぬ家のリビング（日替わり・朝）

正　和「……（目を覚ます）」

フローリングの床に寝ている正和。

正　和「ぎょぎょ！」

パンツ穿いてない下半身を、子豚が跨いで通り過ぎる。

左を向くと、脱ぎ散らかした服、スマホ、マッコリの瓶。

右を向くと、ドアが少し開いている。

恐る恐る起き上がり、這って見に行く正和。

正　和「……」

58 公園

ウォーキング中の麻生、電話に出て、

麻生「はい、もしもーし」

正和「麻生さんかよ！」

麻生「坂間さんおかしい、そっちからかけて来て、そりゃないわ」

59 リビングルーム

正和「……ですよね、なんか、麻生さんぐらいしか相談相手がいない自分が情けなくて」

麻生「相談内容によっては、料金発生しちゃいますけど」

正和「不倫しちゃったんでしょうか俺は！」

麻生「……いや、私に聞かれても」

正和「パンツ穿いてないんです、子豚がいます、頭が痛い、床が濡れてる、マッコリを、飲んだようです、頭が痛い……」

麻生「記憶ないんだ。ありましたね、そういう映画。仲間の結婚式の前夜に、飲み過ぎ

て記憶飛ばしちゃうヤツ……なんでしたっけ、マイクタイソンが出てた」

正和「クリフハンガー」

麻生「クリフハンガーみたいだ（笑）」

正和「痛いっ！」

麻生「どうしました？」

正和「膝で……なにかを踏んだ……」

白い錠剤が膝小僧にくっついている。

正和「だん、こん、かみ……ああっ！」

床に散らばっている『男根神』のシート。

10錠ほど飲んだ形跡が……

正和「やっちまった……やっちまったですよ、ついに、俺は！」

麻生「まだ分からない……今のところ、不倫を裏づける要素ゼロです」

正和「ベッドに女が寝ていても!?」

麻生「それは……アウトですねえ。相手は？　見覚えないんですか？」

正和「ありますとも、ありまくりですよ、ほら……山路くんと、すったもんだあった……教育実習生の」

隣の部屋のベッドで、寝返りを打つ佐倉悦子。

麻生「（ニヤリ）……佐倉悦子の乱ですねえ」

正和「……なんでだよ、もう何年も会ってなかったのに、親友の……親友の？　元カノ……元カノか？　クリフハンガーじゃないですね」

麻生「はい？」

正和「クリフハンガーはそんな映画じゃない」

麻生「すいません、なんでしたっけ」

正和「なんでしたっけね、クリフハンガーじゃない事だけは確かなんだけど、ハルクホーガンじゃなくて、パンクブーブーじゃなくて……あーくそ、イライラするぅ！」

麻生「それ、今思い出さなくても良いんじゃないですか？」

正和「……そうですね、帰ります」

と、電話切り、トイレのドアを開ける正和。

マイクタイソン風の巨大な黒人男性が、上半身裸で座って泣いている。

正和「(慌ててドアを閉め、激しく混乱）ええっ⁉」

60　阿佐ヶ谷南小学校・教室

直立不動の児童たちがハカを披露する。

呆然と見る松葉杖の山路。

児童「カマテ！　カマテ！　カオラ！　カオラ！　ワキタ！　ワキタ！

（死ね！　死ね！　生きる！　生きる！　脇田！　脇田！）
見よこの勇気ある者を　ここにいる毛深い男が　太陽を呼び再び輝かせる！
一歩上がれ！　もう一歩上がれ！　一歩上がれ！　もう一歩上がれ！
そして太陽は輝く！　立ち上がれ!!」

脇田「（号泣）ありがとう！　みんな！　4年2組最高！（気づいて）やあ、山路先生！
お別れ会やってました、僕の」

山路「脇田先生、せっかくの教育実習なのに、何も教えられず……」

脇田「ええ、何も教わってません。はいっ！　机元に戻して！」

61　坂間酒造・前

宗貴が中国人男性客に『ゆとりの民』を売っている。

正和「……」

宗貴「ありがとう、謝謝ね（笑）」

和代「最近多いわねえ、中国のお客さん」

みどり「本当に来てるのかも、日本酒ブーム」

朝帰りの正和に声をかける中国人客。

中国人客「吊絲！　ディアオズー！（と握手を求める）」

茜と栞、萌が散歩から帰って来て、

茜　「父ちゃん、朝帰り～」

正和　「!?」

茜　「契約延長おめでとう、よく頑張りました」

正和　「あ……ああ（どう返していいか分からず）」

茜　「酒くさっ！……なんか食う？　焼きそばしかないけど」

正和　「あ、ありがと」

茜　「食うの、食わないの、どっち」

正和　「いただきます」

栞　「とうちゃん、あさがいり」

正和　「……」

62　同・倉庫

在庫品の陰で小声で話し込む正和とまりぶ。

まりぶ　「落ち着いて、よく思い出して、マッコリで潰れた後、どうやって店を出て、どこで佐倉悦子と会ったのか……」

正和　「……（頭を振る）」

まりぶ「……ハングオーバーかよ、叩き起こして連れて帰ればよかったね、ごめん」
正　和「……え？」
まりぶ「え？」
正　和「今のなに？」
まりぶ「何って……違ったっけ？　酔っ払って記憶なくす映画、クリフハンガーだっけ」
正　和「クリフハンガーではない！　合ってたよ、その前のヤツ、はん」
まりぶ「はん？　はん……はん……ハンドソープー」
正　和「撮ってんの？」

まりぶ、Ｇｏ－ｐｒｏで撮影していた。

まりぶ「あ、ごめん（とカメラ伏せ）……山ちゃんには？」
正　和「電話してるけど出ない、そもそも、何をどう伝えていいやら」
まりぶ「やっちまったもんはしょうがないんだから、早めに謝った方がいいって」
正　和「やっちまったのかなあ！」
まりぶ「しーっ‼」

ミニのチャイナ服姿のゆとりが、豊臣を伴って来て、

ゆとり「道上さ～ん、ちょっと豊臣くん借りるねー」
まりぶ「お、いいよ、つーか、もう俺の舎弟じゃねえから」
正　和「待ちなさい！　……どこ行くんだ、そんな格好で」

ゆとり　「渋谷」
正　和　「ダメだ」
ゆとり　「なんで」
正　和　「今日は渋谷は、そんなヤツばっかりだ」
まりぶ　「そっか、ハロウィンか、今日」
ゆとり　「遊びじゃないの、SNS使ったPR、宣伝なの」
正　和　「なんの宣伝だ」
ゆとり　「北欧の雑貨」
正　和　「北欧の雑貨って言えば、お兄が黙ると思ったら大間違いだ！　なんだそのコスプレ、北欧要素ゼロじゃないか！」
まりぶ　「まあまあ、ゆとりちゃんも子供じゃないんだし、楽しんどいで、豊臣、これもってけ」

と、さりげなくGo-pro手渡し目配せ。

豊　臣　「(察して)……ういっす」
正　和　「(スマホ見て)え、え、え、ええええええっ!!」
まりぶ　「なに、なんか思い出した？」
正　和　「……い、行けよ早く、ハロウィン、帰りはDJポリスに送ってもらえ！」
ゆとり　「はあ!?　なんなの？　行くなつったり、行けつったり」

ふて腐れ出て行くゆとり、豊臣。

正和「……佐倉悦子さんに、お詫びのＬＩＮＥ入れたんだけど……返信が」

『妊娠しました！(^_^)v』

正和「早くない!?」

まりぶ「早えよ、やったの昨日だろ？」

正和「やったのかなあ！」

63　阿佐ヶ谷南小学校・保健室

机の上で震動するスマホ『坂間くん』の表示。

小池「もう無理、アンソキモい、一緒の空気吸いたくない、もう我慢出来ない、山路なんとかして～」

関「アンソこれ以上ほっといたら学級崩壊するよ！　崩壊したら山路のせいだよ、山路なんとかして～」

土屋「すぐ触ってくんだよアンソ、ベタベタ、鳥肌立つ！　もう嫌、生理的に無理！　山路なんとかして～」

女子が３人同時に喋るので気がつかない山路。

山路「落ち着け、一人ずつ喋ってくれ」

小　池「無理、何から話していいか分かんない！」
関「学級崩壊！　学級崩壊！」
土　屋「アンソ、あいつなんとかしないとヤバいから！」
アンソニーが入って来て、
アンソニー「Hey, Girls（英語）ＡＹＡの具合はどうだい？」
ベッドに横たわっていた女子、橋本亜矢、微笑んで、
橋　本「（英語）ありがとう、だいぶ良くなったわ」
アンソニー「よかった、じゃあ今日のハロウィンパーティ、来てくれるよね（と手に触れる）」
土　屋「触るんじゃねえよアンソ！　子豚のアンソ！」
関「濃厚接触！　濃厚接触！」
アンソニー「ナニ言ッテッカワカンネエ（笑）」
小　池「橋本っちゃんは、他に好きなコがいるの」
土　屋「それ以前にアンソは無理、生理的に無理なの！」
山　路「静かに！　同級生ＡＢＣ！　橋本さんに喋らせてあげて！」
土屋／小池／関「……」
山　路「……ごめん、ＡＢＣは言い過ぎた、本当ごめん」
ベランダに出て外を見ている橋本。

校庭で、サッカーボールを蹴るトンチャイ。

山路「……トンチャイが好きなのか、橋本さんは」

橋本「……（頷く）」

山路「よし、俺に任せろ！（と出て行く）」

64 同・校庭＆ベランダ

転がって来たボールを、松葉杖で返す。

山路「学校どうだ？ トンチャイ」

トンチャイ「タノシイ、デスネ（ボール蹴る）」

山路「そうか、それは何よりだ（蹴る）」

ベランダから見守る女子たち。

小池「だいじょぶかな、童貞やまじー」

関「ＬＩＮＥしちゃう？」

橋本「トンチャイに？ なんてなんて？」

土屋「ハロウィン誘っちゃえば？」

関「それいい、貸して貸して、打ってあげる」

小池「やめない？ そういうとこだよ、うちらＡＢＣって呼ばれんの」

関　「……それな、分かり味が深い」
土屋「……確かに、主人公はこんな事しない」
橋本「送っちゃった」
一同「うそ!」

校庭、立ち止まるトンチャイ。スマホをポケットから取り出し、メッセージを確認し、ベランダを見る。

小池「こっち見た!」
山路「ところでトンチャイ、お前、好きなコとか……」
トンチャイ「アンソニー」
山路「え?」
トンチャイ「ボク、アンソニー、ノコト、好キ」
山路「それって、友達として、それとも……」
トンチャイ「……」
山路「あー(察して)そうか、そうなんだ……よく話してくれたね、ありがとう、トンチャイ」

トンチャイ、両手を合わせ、優しく微笑む。

小池「ん? どっち?」
関　「(真似て)こうやって笑ったってことは……OKじゃね?」

女子たち　「やったあ――――！」

山　路　「……」

65　高円寺ガード下・露店（夜）

ユカが切り盛りする移動式の中華惣菜店。

小さなテーブルを囲む正和、山路、まりぶ。

まりぶ　「ＬＧＢＴＤかぁ！」

山　路　「Ｄは入ってない」

正　和　「……」

乗って来ない正和。気になる山路。

まりぶ　「で、どうだったの、ハロウィン」

山　路　「まあ、楽しくはないよね」

66　ハロウィン・パレードの点描（回想）

子供達　「トリック・オア・トリート!!」

マーベル風ヒーローに扮したアンソニー、橋本（お姫さま）、トンチャイ（ナース服の

ゾンビ)。

微妙な三角関係を見守る山路(ケンシロウ風)。

山路(OFF)「いまいち盛り上がらないよね、アンソニーは橋本さんが好きで、橋本さんはトンチャイが好きで、トンチャイはアンソニーが好きだから……」

67 高円寺ガード下・露店(回想戻り)

ユカ「ぐるぐる回ってバターになっちゃうヤツだな」
山路「多様性の時代って言うけど、小学生に何からどう説明していいか分かんないし……そんなわけで坂間くん、電話出れなかった」
正和「……あ、ああ、うん」
山路「なに? なんかあった?」
正和「うん、もう済んだ」
まりぶ「はあ!?」
山路「(二人を交互に見て) なに? え、なにがあったの」

三人の学生が雑な仮装で騒ぎながらやって来る。

学生A「おっさん、ここ空いてる?」
まりぶ「……ああ、どうぞ(小声で) おっさんて言われた」

学生B「（メニュー見て）ザーサイ、くらげサラダ、かた焼きそば」
学生C「俺、ムリ、腹いっぱい」
まりぶ「どした、坂間っち、殺し屋みてえな目して」
正　和「……」
山　路「そんなに心配？　ゆとりちゃん」

68 渋谷界隈の喧騒（豊臣のカメラ映像）

ゆとり、仮装した若者の狂騒に紛れ、見え隠れする。

ゆとり「豊臣くんどこー？（カメラ探す）」
豊臣の声「ここでーす！」

69 高円寺のガード下・露店

田辺（学生A）「とりあえず、内定もらいましたー！」
学生BC「うぇいうぇ――――い！（乾杯）」
田　辺「まあ入れる会社なら、どこでも良かったんだけどね」

学生の話を聞き、顔を見合わせる正和、山路、まりぶ。

中島（学生B）「田辺っち、実家は？　なんだっけ老舗の……」
田　辺「煎餅屋、兄夫婦に継がせるわ」
まりぶ「……坂間っちみたい」
中　島「あっきー、いつ発つんだっけ？」
秋山（学生C）「1月、だけどコロナでどうなるか」
中　島「中国かぁ、微妙だなー」
山　路「まりぶ君（苦笑）これで、もう一人が先生だったらビンゴ」
中　島「とりあえず俺は、司法試験に合格しねえと……」
正　和「センセー違い」
秋　山「その前に童貞卒業だろ」
正　和「びんご――――!!」
山　路「坂間くん！（学生たちに）ごめんなさい、うるさくて」
秋　山「しかし、俺らもついてねえよな、世代的に」
田　辺「リーマンショックも震災もギリかわしたのに、まさかのコロナで経済ストップ、マスクした面接官と……」
正　和「リモート面接？」
田　辺「そう、リモート面接！　……え、なんすか？」

正和、いつの間にか学生達の輪に加わっている。

正和「いいねえ、Z世代！　そうやって何でも社会のせいにして、言い訳しながら生きていくんだ、楽しいねえ」

山路「ダメだって坂間くん、戻って」

正和「入れる大学入って、入れる企業入って、社長になれるわけじゃないのに会社のために働いて、たまに親に泣きついて、結婚して子供できて、身動き取れなくなって……いいねえ！」

中島「ちょっと、なんなんスか、この人、さっきから」

正和「（中島を指し）いいねえ山路！　理想ばっか高くて一生童貞！」

中島「誰っスか、ヤマジって」

秋山「会計して、ガールズバーで飲み直そうぜ」

正和「おっぱいスか！　トリック・オア・トリート、からの、おっぱい・オア・おっぱいスか！　いいねえ、まりぶ君！」

振り払う秋山。正和、吹っ飛ばされテーブルに激突！

秋山「しつけーんだよ！」

まりぶ「（笑いながら中国語で）中国行くんだったら教えてやるわ」

秋山「……なに言ってっか分かんねんだよ、おっさん」

秋山を摑んで、バンのボディに叩きつけ、

まりぶ「若者がおっさんより偉いのは、日本だけなんだよ!!」

ユカ「買うのか喧嘩！　男性！　喧嘩買わないのなら、お前さん、私の孫！　これ中国の諺！　意味？　知らないよ！　帰れ！　男性！」
山路「坂間くん、今日はもう帰って」
正和「うるせえな」
山路「帰れよ、茜ちゃん泣かすんじゃねえよ！」
バンの荷台にあったバールを摑む秋山。
正和「……」
山路「浮気してんだろ」
正和「……」
山路「……え、してんの⁉」
ユカ「後ろ！」
振り返る正和。秋山がバールを振り下ろす。

70　夜の繁華街（1時間後）

正和「……ううっ……うううっ！」
血まみれの正和、泣きながら、ふらついて歩く……が、行き交う人々も血まみれ（の仮装）で、誰も気に留めない。

正和「……ちきしょう……ちきしょう!」

× × ×

フラッシュバックの数々、チェ・シネ氏との飲み比べ、男根の神、子豚、黒人男性、佐倉悦子の寝顔……そして茜。

茜「煮詰まるんです、なんか、夫といると、特に夜!」

× × ×

正和「……すいません……お巡りさん、すいません、僕……」

巡査「はいはいゾンビね、怖い怖い(振り払い)立ち止まらないでくださーい、三密!そこ三密! 歩きながらの飲酒は罰金でーす」

正和「……」

71 渋谷の裏道

ゆとりのスマホ(インスタ用)とGoproを向ける豊臣。

ゆとり「もういいよ、ありがとうね、付き合ってくれて」

豊臣「(スマホ返す)ラーメンでも食います?」

ゆとり「馬鹿みたい……こっちは何もいい事ないのに『いいね』ばっかり増える……」

ゆとり、ウイッグや付けまつ毛を外して捨てる。

豊　臣「ないっすか、いいこと」
ゆとり「ないね、つか興味ないっしょ、私が会社辞めた理由とか」
豊　臣「……いや、なくは、ないけど」
ゆとり「気にしてらんないよね、みんな自分のことで精一杯だもん。どうでもいいねの『いいね』なんだよ」
大通りをゾンビ（仮装）の一団が通りかかる。
ゆとり「夢みてもしょうがないし、身の丈に合った方法で社会と関わるしかないよ、社会人だしね……」
豊　臣「いますよ、気になってる人、ゆとりちゃんのこと」
ゆとり「……だれ？」
血まみれの正和が通りかかる……が気づかない二人。
豊　臣「今、一億人弱が気になってるっす」
ゆとり「……おく？」
豊　臣「あ、超えた！（スマホ見せる）」
中国の動画サイトの生配信、視聴者数のカウンターが、驚異の一億超え。
豊　臣「一億超えました！　ゆとりさんの人気は、今や中国で、蒼井そらさん以上、パンダ以下です」
ゆとり「……なにこれ」

豊臣「（しまった）」

72　坂間酒造・倉庫（夜）

宗貴、ヘッドホン装着して、空のＤＶＤをドライブに挿入し『ダビング開始』をクリック。

宗貴「……」

モニターにはアダルト動画が再生されているようだ。

宗貴、ティッシュを手元に引き寄せ、中腰になり、ズボンを下ろそうと、ベルトを緩め、

宗貴「……」

超至近距離に妻みどりが、死んだ目で立っている。

みどり「動くな！　壁に手をつけ！」

宗貴「（観念して両手を上げる）」

73　警察署・ロビー

正和「……すいません……あの（少し大声で）すいませぇん！」

警察官たち、補導された若者の対応に追われる。

正和「すいませぇん！　僕……（絶叫）不倫しましたあーっ！」
　さすがに驚き、振り返る警察官。年配の巡査と松下が出てくる。
松下「（じっと顔見て）……それ本物!?」
正和「は？（額の血を触って）あ、はい」
松下「メイクにしてはリアルだなと思った、え、大丈夫!?」
正和「お構いなく、それより不倫……」
年配の巡査「誰にやられた!?」
正和「なんか、学生かな、酔っ払った、それより不倫したんです」
松下「不倫は犯罪じゃないんですよ」
正和「……知ってます、けど、誰かに聞いて欲しくて」
年配の巡査「凶器は？」
正和「……バール、のようなもの、いや、バールそのもの……いいんです、こんなの別に、それより不倫……」

74　坂間家・居間（明け方）

正和「……遅くなりましたぁ」
茜「まーちん待ってたわけじゃないけど」

家族や服部らまで集まって、ただならぬ雰囲気。

みどり「……座って」

普段より濃いメイクのみどり。

正座し、小さくなっている宗貴、豊臣。

正　和「…… (状況が分からず) ……え、なに?」

山　路「これ知ってた?」

山路、PCの動画再生ボタンをクリック。

まりぶ (画面) 「ニーハオ、エビチリ大王でぇす!」

配信動画、第一回のハイライトシーンが再生される。

まりぶ (画面) 「日本のイケてない酒蔵で働いてみたー!!」

正　和「……なにこれ」

服　部「ユーチューバーだったんだよ、道上まりぶ」

豊　臣「いや、厳密にはYouTubeではないんですけど……」

ゆとり「隠し撮りした動画を、配信してたみたい、中国に」

正　和「……まりぶ君が?」

正和 (画面) 「ミヤネヤ～」

茜　「人気コンテンツらしいよ」

正　和「再生回数は?　一十百千……億!?」

みどり「坂間家の日常を、のべ3億人の中国人が見てたのよ」

茜「あ、だから義姉さん、今日はそんな濃いメイクで……」

正和「……ええっ!?　ごめんごめん、理解が全然追いつかない……え、まりぶ君は?」

山路「消えた……ずっと連絡してるんだけど」

茜「(呆れ)あんたら、まりぶに何回騙されてんのよ」

豊臣「あの、庇うわけじゃないですけど、酒造りはマジメにやってたんです。ただコレ(金)が、手取り12万じゃ家族五人、養っていけないって……だから、副業感覚で」

宗貴「……給料は、徐々に上げようと思ってたんだ」

豊臣「なんつっても人口14億人でしょ、分母が大きいから。ゆとりちゃんの私服を毎日アップしたら一気にバズって」

ゆとり「儲かるの?　広告ないよね、YouTubeと違って」

宗貴「人気のコンテンツには奨励金が出て、あと、ユーザーからの投げ銭も入るって言ってた」

山路「どれぐらい?」

豊臣「10万元……日本円だと200万ですね」

一同「……」

みどり「今月は臨時収入もあったんですって」

みどり、動画を切り替えると、カメラ目線で宗貴があいさつ。

宗貴（画面）「坂間酒造の4代目店主、坂間宗貴です、ニイハオ」

和　代「やだわ、これを3億人が？」

宗貴（画面）「弊社の人気ブランド『ゆとりの民』を1本買うと、私が嫁に隠れて、20年かけて集めに集めた秘蔵コレクションが1枚ついて、99元、男性限定です！」

みどり「死ねばいいのに」

和　代「どおりで……最近、中国からの注文が多いわけだ」

ゆとり「とにかく今、坂間家は、中国でいちばん有名な日本人家族なんだって、みんな知ってるし、みんな見てる」

正　和「それって『ザ・ノンフィクション』みたいな感じ？」

茜「そんないいもんじゃないよ、せいぜいビッグダディだよ」

ゆとり「お兄、なんて呼ばれてんだっけ」

豊　臣「吊絲」

山　路「負け犬って意味らしいよ」

ゆとり「私は？」

豊　臣「天使」

茜「私は？」

豊　臣「鬼嫁」

茜「はあ⁉」

みどり「何してんの、服部さん」

服部「弟子の粗相は俺の粗相……」

服部、パソコンの前に正座し、内蔵カメラに、

服部「中華人民共和国の皆さん！　この物語は、フィクションです！」

豊臣「いや、今は生配信してないから」

山路「あれ？　でもコメントが……」

中国語のコメント（弾幕）が流れる。

みどり「え、流れてんの⁉　カメラどこ⁉　カメラ！」

一同、慌ててカメラを探す。

宗貴「とにかく、道上くんには、辞めてもらいます」

和代「……あら、なんで？」

茜「当たり前じゃん、知らない間に私生活晒されて、恥かいて」

正和「恥かな」

茜「恥でしょ、イケてない酒蔵だよ」

正和「俺、別に恥ずかしくないんだけど」

茜「……」

正和「だって日常じゃん、これが、我が家の。見られてようがいまいが変わんなくない？

俺が便所のドア開けっ放しで茜ちゃんに怒られんのも日常、兄貴がセクシー女優のブログばっか見てんのも日常、栞が納豆混ぜながら寝ちゃうのも、母さんが栞のこと3回に1回『みどり』って呼ぶのも、豊臣くんのこと2回に1回『家康』って呼ぶのも、ゆとりが下半身パジャマでリモート会議やってんのも、全部ひっくるめて坂間家の日常。その日常の中から生まれる酒が『ゆとりの民』じゃん。世界中どこに出しても恥ずかしくないよ。むしろ誇りに思う。いいよ、配信して。見ればいいし笑えばいい、だって、これが坂間家だから。負け犬？　全然オッケー」

茜　「不倫も？」

正和　「⁉（思わず山路を見る）」

山路　「俺じゃない、俺なんも言ってない」

茜　「警察から連絡ありました」

和代　「泣いて自首したんだって？　情けない」

正和　「……ごめん、やっぱやめよう！」

PCを閉じようとする手を、茜が払いのけ、

茜　「なんでよ、どこに出しても恥ずかしくないんでしょ、聞いてもらおうよ中国全土に、日本の、倦怠期の夫婦の悩みを」

ゆとり　「そうだよ、いいじゃん不倫くらい、私だってしてたし！」

一同　「……」

ゆとり「やっと言えた、あー、スッキリした！」
山　路「……中国全土がザワついてるけど」
もの凄い数のコメント（弾幕）「誰だ！」「相手は誰だ！」「信じられない！」「終わりだ！」「今すぐ死ぬ！」
みどり「どこよ！　カメラ！　どこなのよ！（キョロキョロ）」
正和、Go-proに録画された素材を再生する。
まりぶの声「落ち着いて、よく思い出して、マッコリで潰れた後、どうやって店を出て、どこで佐倉悦子と会ったのか……」
山　路「はああ―――――っ!?」
和　代「びっくりした……（胸押さえ）急に大声出さないでよ」
正　和「……ごめん」
山　路「……さ、さくらえつこって……さ、さ、さくら……えつこ？」
茜「山路の元カノ」
山　路「……元カノじゃねえし……知らねえし……そ、そんな女……」
激しく狼狽え、女性物のサンダルを履いて飛び出す山路。
正　和「山路くん！（追う）」
茜「逃げるの!?（追う）」

75 同・玄関〜酒蔵〜倉庫（明け方）

正和「待って山路くん！」

恐ろしく場違いなコスプレ姿の山岸と冬美、やって来て、

山岸「さーせん、ＬＩＮＥ気づかなくて、冬みんとトリック・オア・トリートしてました……」

茜が出て来て、

茜「待ちなさいよ！」

一周回って来た山路が、茜の背中に、

山路「茜ちゃあん！」

正和が追いついて、

正和「山路くん！」

山岸「……先輩、何やってんスか？」

冬美「私も走る！」

山岸「おいおい、冬みん、ぐるぐる回ってバターになっちゃうぞ」

茜「……待ちなさいよ……待ちなさいってば！」

目を覚ました栞と萌と悟も、出て来て走り出す。

76 同・居間

山岸「覚えてない？　先輩、覚えてないんスか？」
宗貴「俺らが帰ったあと、一体何があったの？」
山岸「何って……エリアマネージャーとマッコリもう一本空けて……」

×　×　×

フラッシュ（回想）マッコリ食堂『豚の民』
酒を酌み交わす正和とチェ氏。
山岸（OFF）「12時前？　自分と道上さんで、チェ氏を見送って」
高円寺の繁華街。酔ったチェ氏を介抱する山岸、まりぶ。
山岸「5分後にタクシー来ます、自分ちょっと、先輩見て来ます」

×　×　×

山岸「で、店に戻ったら、先輩消えてて……」

77 マッコリ食堂『豚の民』（回想）

山岸「あれ!?」

山岸「あ」

座敷に寝ていた筈の正和いない。山岸、周囲を見渡し、

カウンターに座っている佐倉悦子。

悦子「こんばんはー」

山岸「……いらっしゃい」

中森が袋に詰めた惣菜を持って来る。

中森「はい、悦っちゃん先生、お待たせしました、チヂミとヤンニョムチキンとキンパね」

悦子「たまにテイクアウトしてるんです」

山岸「びっくりしたでしょ」

悦子「ねー、全然違う店だし、店長さん復活してるし」

山岸「……え？（見て）ええ⁉」

泥酔状態の正和が厨房に入って、フラつきながらトッポギを切っている。

村井「だーかーら、店長、トッポギは何センチでしたっけ？」

正和「何センチでしたっけ？」

村井「5センチでしょう（計って）長い短い短い長いチョー長い！　つか手伝わなくていいから帰って、お願い、ラストオーダー！」

正和「冷たいこと言わないで下さいよぉ、もう電車ないよぉ」

山岸「うち来ます?」
冬美「ちょっとぉ、ぴろぴろぉ(甘い声で抗議)」
山岸「漫喫行きます?」
正和「早いよ! ちょっとは交渉しろ、山岸ぃ」
山岸「させん、冬みん1年ぶりのオフなんす、今夜は冬みんをテイクアウトなんす」
正和「で、俺まんきつ? 契約延長を勝ち取った夜に漫喫!? はーっ、誰も褒めてくんない、労ってもくんない」
悦子「うち来ます?」
正和「……お?」

78 高円寺の住宅街(回想戻り・昼)

山路「で、のこのこ、ついてったんだ」
地図アプリを頼りに歩く茜、少し遅れて正和、山路。
正和「……なのかなぁ」
山路「クリフハンガーじゃあるまいし、そんな都合よく、記憶って失くなるかなぁ」
茜「話しかけないで、今、脳内BGM、ロッキー3のヤツだから」
山路「サバイバー」

正和「山路くんはともかく、茜ちゃん、くれぐれも穏便に……」
茜「場合によっては離婚、あるからね！」
山路「俺も、絶交だから！」
正和「……こっち」
と、路地を曲がる正和。険しい表情で続く茜、山路。

79 路地を曲がった所（回想・夜）

悦子「こっち（と、正和の手を引っ張る）」
思わぬ展開にドキドキしつつ、酔いに任せ、ついて行く。
正和、洋風の一軒家が見える。
正和「……」

80 洋風の一軒家（回想戻り・昼）

ドアの前に立ち、呼び鈴を押す茜。
正和「……」
茜「……」

ドアが開き、巨体の黒人男性ロブがハイテンションで、

ロブ「Hi! SAKAMA! Drunkboy!」

正和「は、は、ハーイ（なすがまま）」

声を聞きつけ、中からインド人女性ダーシャ、ブラジル人女性エヴァ、イタリア人男性アキッレが出て来て。

「サカマ！」「また来たか、酔っ払い！」と、もみくちゃにされる正和。

茜「え、なに!?　どういうこと!?」

山路「分かんない！　全然分かんない！　住所間違えてない？」

悦子の声「シェアハウスなんです」

悦子、マイクロピッグを抱いている。

山路「……」

81　同・リビング

悦子「ここの管理人やりながら、外国人在留支援のＮＰＯで働いてるんです。エヴァ、ダーシャ、アキッレ、ロブ、それとヤム」

勢揃いした住人たち、ニコニコと見ている。

ウロウロしているマイクロピッグのＹＡＭ。

悦子「コロナで祖国に帰れなくなったり、一方的に解雇されたりして困ってる海外の人、結構多くて。私もいずれ留学したいと思ってたし、他人事じゃないなって……」
山路「へえ……」
悦子「なんですか？」
山路「シェアハウス、ＮＰＯ、留学、いかにもって感じだなって」
悦子「（少し傷つく）」
山路「こんな近くにいるんだったら、近況報告ぐらい、してくれても、いいのになって……別に、いいんですけど」
その態度を見て、ピンと来た住人たちが、
エヴァ「（ポルトガル語）コレか？　童貞ヤマジ」
悦子「（困った顔で）Ｙｅｓ」
ダーシャ「（ヒンディ語）童貞っぽいな」
アキッレ「（イタリア語）クヨクヨするな童貞、いつか出来るよ」
山路「ん？　なんだ？　なに言ってるか分かんないのに、小バカにされてるのは分かるぞ」
ロブ「モシカシテ ｙｏｕ（茜を指し）ＡＫＡＮＥ？」
茜「Ｙｅｓ」
住人達、アカネ！　アカネ！　とはやし立てる。

茜　「……え、なんで知ってるの？　私のこと」

悦子　「実は一昨日の夜、一日早いハロウィンと、離婚してブラジルに帰るエヴァの送別会を兼ねて飲み会……って覚えてないのか」

正和　「いや、さすがに思い出したよ。酒が入ったら、なぜか俺が日本代表みたいになって、すげえディスられて」

悦子　「みんな、溜まってたみたいです、私は先に寝ちゃったけど」

82　同（回想・夜）

＊以下、言語は適宜入り交じり、最終的に字幕で補足するイメージです。

エヴァ　「日本の男、冷たい！」

正和　「冷たい、違う、シャイなの！」

エヴァ　「ブラジルの男、毎晩『愛してる』言うよ、奥さんに」

ダーシャ　「インドの男も言うよ、毎朝、言うよ」

アキッレ　「イタリア人、ランチタイムに言うよ」

正和　「そりゃ俺だって、愛してるよ茜ちゃんのこと、心から、けど言ったら軽くなるでしょう、軽い男の『愛してる』は軽いのよ」

エヴァ　「私、妊活してた、ずっと、だけど、夫、仕事優先」

アキッレ「日本人、働き過ぎ、休憩短い！」
エヴァ「子供できないの、私のせいみたいに言わないで！」
ダーシャ「子供可愛いか、サカマ」
正和「そりゃ可愛いよ、栞も萌も」
エヴァ「だったらアカネも可愛がれ」
正和「可愛いよ、可愛くないって誰が言ったよ、最高に可愛いよ！」
ダーシャ「私、子供たちに、会いたい」
ロブ「僕はゲイだけどパートナーに会いたい」
正和「俺はレスだけど茜ちゃんに会いたい！　I love wife! I love my wifeだよ！」
アキッレ「じゃあ、なんでレスなの？」
正和「こっちが聞きたいよ！　ちきしょう……（睡魔と闘いながら）大好きな人とさぁ、結婚できてさぁ、一緒に暮らしてるのにさぁ、なんで淋しいの、俺は……なんで淋しいんですか……茜ちゃん……ＺＺＺ……淋しいよ、茜ちゃん」

床に突っ伏して動かなくなる正和。
その横で子豚のＹＡＭが『男根の神』を舐めている。

83　同（回想戻り・現在）

正和「え、子豚が!?」

悦子「そう、ＹＡＭが坂間さんのお薬、飲んじゃったみたいで」

84　同（回想）

興奮して走り回るＹＡＭを追いかける住人たち。

どうにか捕まえるが、抱え上げるとＹＡＭが放尿、勢いよく飛んだオシッコがぜんぶ正和にかかる。

爆睡して起きない正和。そのズボンを脱がす住人たち。

キャッキャ言いながら、スマホで記念撮影。

宴会はお開きになり、各々部屋へ、取り残された正和……。

正和「……（目を覚まし）ぎょぎょ!」

パンツ穿いてない下半身を、子豚が跨いで通り過ぎる。

85　同（回想戻り）

山路「……じゃあ、なに？　会った事もない、言葉も通じない外国人相手にアイラブワイフって叫んでたってこと？　不倫と真逆じゃん」

正和「……だね」

ロブ「サカマのおかげで、僕もパートナーの声が聞きたくなって、明け方電話したよ」

×　×　×

（回想）トイレで電話しながら泣いているロブ。
正和がドアを開けるが気づかない。

×　×　×

悦子「それだけじゃないの、次の日、エヴァ、検査してもらったら」

エヴァ「妊娠してたよ」

正和「……あ、君!?　悦子ちゃんじゃなくて？　だよねえ、早いもんね、いくらなんでも
（慌てて）や、してないしてないよ」

エヴァ「旦那と復縁したよ、サカマのおかげよ」

正和「してない、してない、何にもない！」

アキッレ「（茜に）何もないから、茜、泣かないで」

呆れて聞いていた茜の瞳から、涙が一筋流れている。

山路「え、泣いてる!?」

茜「……なんか、情けなくて……動画、誰か撮ってないの?」

ロブ「ドウガ?」

茜「Movie、アイラブワイフのムービー」

エヴァたち、それぞれスマホを確認するが。

ダーシャ「Sorry……」

悦子「豚のオシッコしか撮れてないって」

正和「……言おうか?」

茜「いい! 面と向かってじゃなくて、私が居ないところで叫んでるのが見たかったの」

86 シェアハウス(洋風の一軒家)の前

見送りに出た悦子と住人たちに別れを告げ、歩き出す正和、茜、少し遅れて山路。

山路「(振り返る)」

悦子「(手を振る)」

茜「ねえ、幸せだった?」

正和「いつ?」
茜「結婚した時だよ」
正和「……もちろん」
茜「栞が生まれた時は? 萌が生まれた時も?」
正和「幸せだったに決まってんじゃん」
茜「確認しないと分かんないんだよ」
正和「ごめん」
茜「確認しよう、いちいち、これからは……」
茜、立ち止まり振り返って叫ぶ。
茜「I love husband! I love my husbandだからヨロシク!」
正和「……茜ちゃん」
拍手し、はやし立てる悦子と住人たち。
曲がり角にさしかかると、
茜「山路、あっちね(と指差す)」
山路「え?」
茜「うちらデート」
茜、正和と腕を組んで、別方向へ歩き出す。
正和「ごめん……また」

取り残された山路、振り返るが、悦子の姿すでになく。

山路「……結局1人かぁ」

87　坂間酒造・前（日替わり・一月九日）

神前での年始の祝い。家族、職人、勢揃い。

一同「新年、おめでとうございます！」

服部「今日から3月いっぱいが勝負です、皆さん、健康に充分気をつけて乗り切りましょう」

88　同・酒蔵

チェ氏、早川、山岸とその部下が視察に来ている。

利き酒を体験するチェ氏を案内する正和。

早川「宮下くん」

茜「（気づかない）」

早川「……あ、そっか、えっとー……奥さん」

茜「なんですか？」

早川「うん……いや……君、復帰する気ない？」

茜「……」

早川「若い社員を教育できる人材がいなくてね、山岸も手を焼いてるみたいなんだ、Z世代に……」

山岸「飲み過ぎて記憶なくしちゃう映画、なんだっけホラ……」

小野と平田、瞬時にスマホで検索し、

小野「ハングオーバーですか」

平田「ハングオーバーですね」

山岸「……お前ら……つまんね」

早川「君もそろそろ、働きたいんじゃないかと思って」

正和「（気になり）」

早川「どう、子供の手が離れたら……」

茜「いや、無理っす、夫の手が離れないんで」

お猪口を回収して去る茜。

早川「……これだから、ゆとりは」

正和「……すいません」

89 阿佐ヶ谷南小学校・教室

山　路「はい、着席！　橋本さん前へ、手はどこだ？　膝の上～」

橋本亜矢、うつむいて教壇へ。

山　路「えー、知ってる人もいると思うけど……」

アンソニー「Oh, No」「Unbelievable」と大仰に嘆く。

山　路「確実に知ってるヤツいるみたいだけど、橋本さん、お父さんの都合で、来月、香川県に引っ越す事になりました」

アンソニー「（英語）嘘だ！　俺は信じない！　転校生は僕だ！　転校生は僕なのに、お、神よ！　新年早々なんて日だ！」

山　路「……いいかな？　じゃあ橋本さんから一言もらおうか」

橋　本「転校してもＬＩＮＥのＩＤは変わりません。トンチャイ君とは遠距離になるけど、終わったわけじゃないもんねー」

トンチャイ「ねー」

山　路「え!?　だって橋本……トンチャイは」

橋　本「そういうの、はなっから気にしてないから」

山　路「え？」

小池「うちらって、まだ小４じゃん？　付き合うって言っても、せいぜい、一緒に帰るぐらいじゃん」
土屋「給食多めに盛ってあげたりね」
小池「ＬＧＢＴＱとか、多様性とか、まだ」
関「分かり味が浅いよね」
橋本「けど、いっしょにいて楽しい、とかなら」
土屋「分かり味が深いよね」
山路「それって要するに……俺と茜ちゃんみたいな関係？」
アンソニー「（英語）アカネ？　誰、誰だよ山路！」
山路「あーなんでもない、よし、音楽室に移動！」

90―マッコリ食堂『豚の民』

山岸「小４、侮れないッスね」
山路「ほんと、変に気ぃ回して損したわ」
正和「で、どうなの、その後、悦子先生とは」
山路「どうって、あれっきりですよ」
山岸「連絡しなさいよ」

山路「いいの（ニヤニヤ）」
正和「なんで？」
山路「気がつかなかった？　彼女の飼ってた子豚の名前」
正和「え、なんだっけ」
山路「ヤマですよ、山路のヤマ！　爪痕を残したってことでしょ、この山路が、彼女の心に、それだけで充分」
茜「ヤムじゃなかった？」
山路「……え？」
茜「ヤムだよ、ヤムって呼んでた、ヤマじゃない」
麻生、グラスを手に会話に入って来る。
麻生「ヤマはねえ、重度の女性不信に陥ってると思うなー」
山路「いたんですか？」
麻生「だから男性不信の、自信満々の、我の強い女が似合うと思いますね、毒をもって毒を制すで……」
山岸「いやいや、そんな女……」
ちょうどチェ・シネが入って来る。
正和「いた！」
チェ氏「なに？」

村井／中森「チェソンハムニダ～（失礼しました）」

正　和「いえ……あ、あの、どうぞ座って下さい」

山路の隣に座らせる。二人ぎこちなく会釈。

正　和「彼は山路くんと言って、小学校の教師をしています」

山　路「初めまして」

チェ氏「チェシネ」

山　路「……死ねって言われた、え、誰!?」

正　和「じゃ、ごゆっくり」

山　路「え？　ちょっと待ってよ、なに!?　情報が足りない！」

正　和「いいから……あ、それから、これ、まりぶ君が仕込んだ新酒」

特別に包装された瓶《かめ》入りの『大吟醸ゆとりの民』。

正　和「もし来たら、みんな怒ってないからって、伝えといて」

茜「おやすみなさい」

チェ氏「ゆとりの民（山路に）飲むか？」

山　路「あ、はい」

チェ氏「お猪口２つ」

91　坂間酒造・前

服部『ゆとりの民』を抱いて出て来る。
振り返り、玄関先に下がっている杉玉を見て、

服部「……お世話になりました（と頭下げる）」

92　マッコリ食堂『豚の民』

山路、泥酔しているシネとオモニから交互に説教され、

チェ氏「つまらないことで泣くな、やまじ！」

山路「だってえ、急にリモート授業って言われてもぉ、パソコン使えない親もいてぇ、接続のことで文句言われてぇ、こっちはカスタマーセンターじゃないんですよ！」

オモニ「（韓国語）これまだ早い！　これ食べれる、食べて早く！」

山路「ミヤネヨぉ」

チェ氏「（韓国語）これだからゆとりは！」

93　坂間家・居間

正和と茜帰って来ると、パソコンの前に和代。

和代「ああ、お帰り。正和、さふぁ〜りって、どれ?」

正和「サファリ?　なに、ネット使いたいの?」

宗貴「観たいんだって」

みどり「まりぶくんの動画」

茜「もうやってないの、お義母さん」

和代「なぁんだ、つまんない、あんた達いっぱい映ってたけど、母さん、ちょっとしか映ってなかった」

風呂上がりのゆとりが座って、

ゆとり「新しいのアップされてるよ」

正和「え!?」

動画の画面を呼び出す。

まりぶ「にいはおー、エビチリ大王です!（中国語）今日は、人気シリーズ、イケてない酒蔵の未公開映像をまとめましたー。

（日本語）ゆとりちゃーん、坂間っちも、見てねー」

茜　「……こいつ、ぜんぜん懲りてないな」

まりぶ　「タイトルは……お母さんのテレワーク！　です！　スタート」

94　『**お母さんのテレワーク**』（エンドロール）

ある日の坂間家、居間。仏壇からの定点カメラの映像。

和代が線香をあげ、手を合わせ、語りかける。

和代　「お父さん、おはようございます。いい天気ですよ。みんな出かけちゃった。そうなの、家の事はみどりさんと茜ちゃんがやってくれるから（欠伸）暇で暇で……お母さんは休んでてくださいって言われても……ねえ、これ以上、休めないわ」

×　×　×

和代　「お父さん、服部が戻って来て、まりぶ君も来て、みんな良く働いてくれて、私……ますますやる事ない」

×　×　×

和代　「お父さん、シックスパッド買っちゃいました～」

×　×　×

和代　「（泣）お父さん、ヨンスが死んじゃったんです……あ、韓流ドラマの話ですよ、ヨンスとヨナは、やっぱり腹違いの兄妹で……（電話鳴り）ちょっと待ってね（フレームアウトし）もしもし坂間ですー、誰？　正和？　どうしたの？　……まあ」

×　×　×

宗貴「親父、母さんが、振り込め詐欺に引っかかった。うん、額は大した事ないんだけど2回目でね。本人がしょげちゃって、うーん、老いなのかなあ、慰めてやってよ」

×　×　×

和代「お父さん、ノンアルコールのね、お酒を、造るんですって（ため息）潮時なのかな。畳んじゃいましょうか酒蔵」

×　×　×

服部「おやっさん。服部です。あの、俺、あの、あのあの……」

×　×　×

茜「お義父さん、1ヶ月ぐらいお供えもの、してなかった、これ、頂き物ですが、マカロン」

×　×　×

服部「服部です、おやっさん、俺やっぱりあの……」

×　×　×

ゆとり「いただきまーす（とマカロンを食べる）」

×　×　×

服部「やっぱり、おかみさんのことが好きみたいですっ！」

×　×　×

悟と栞と萌、座ってチーンと鳴らし、手を合わせる。

×　×　×

正和「不倫しちゃったよ親父ぃ！　どうしよお！」

×　×　×

和代「お父さん……私、好きな人が出来ました、誰だと思う？」

×　×　×

服部「服部です。今夜、思い切って、おかみさんに」

×　×　×

和代「あのね、純烈っていうグループの、リリコの旦那じゃない方のぽっちゃりした人……」

×　×　×

服部「……服部、フラれました（男泣き）」

×　×　×

正和「親父って……不倫したことあるの？　……あるって言ってくれると、気が楽になるんだけど……ないよなぁ」

×　×　×

みどり　「茜さんが若おかみだったら、お前は古おかみだっていうの」

×　×　×

茜　「…………あ、ボーッとしてた、すいません。あのねえお義父さんまーちんの様子が……ヘンなんです」

×　×　×

茜、萌を膝に乗せて手を合わせ。

茜　「……ふう。勘違いでした。お騒がせしました。……よかったぁ。まだ坂間家にいれるー。私、お義父さんに会った事ないけど、この家が好きなの。本当に。なんか疲れちゃって、そのこと忘れてました。ごめんなさい。ねえ栞、萌、おじいちゃん、これからもよろしくって言って」

萌　「やだー」

×　×　×

和代　「お父さん、新年明けましておめでとうございます」

手を合わせる和代、袴姿の正和がやって来て、

正和　「母さん、神主さん待ってるから早く」

和代　「はいはい（出て行く）」

95　坂間家・居間

パソコンの周りに集まって、泣いたり笑ったりしながら見ていた坂間家。

正和「……あれ!? 最後の……お正月だったよね」

ゆとり「なんで?」

茜「……まさか」

一同、振り返り、仏壇を見る。

遺影の陰に隠しカメラ、赤いランプが点滅している。

『つづく』

インターナショナル・スペシャル

ゆとり3人組が語るゆとり3人組

柳楽優弥

（やぎらゆうや）

1990年3月26日、東京生まれ。2004年、『誰も知らない』（是枝裕和監督）で、第57回カンヌ国際映画祭で最優秀男優賞受賞。主なドラマに「アオイホノオ」「まれ」「おんな城主直虎」「フランケンシュタインの恋」「ガンニバル」ほか、映画に『銀魂』シリーズ、『泣くな赤鬼』『今日から俺は!!劇場版』『浅草キッド』ほか多数。

「まりぶの想定外の動きは狙ってやってるわけじゃないんです。ただ、こういうキャラクターなので、つまんなくしたらもったいないし、面白く広がるようになったらいいなぁというのは常に考えています」

松坂桃李

（まつざかとおり）

1988年10月17日、神奈川生まれ。2009年、「侍戦隊シンケンジャー」で俳優デビュー。Netflix「離婚しようよ」が現在配信中。主な映画出演作に『娼年』『孤狼の血』シリーズ『流浪の月』『ラーゲリより愛を込めて』がある。ほか、『新聞記者』で日本アカデミー賞最優秀主演男優賞を受賞。

「冒頭の山路のデートシーンは衝撃でした。そっちの意味でアップデートしてたか…そっちだったかぁ！そうですよね宮藤さん！っていう。楽しかったですけど（笑）」

岡田将生

（おかだまさき）

1989年8月15日、東京生まれ。2006年デビュー。初主演作『ホノカアボーイ』『重力ピエロ』で国内の映画賞の新人賞を多数受賞。主なドラマに「オトメン（乙男）」、「リーガルハイ」「大豆田とわ子と三人の元夫」「ザ・トラベルナース」など多数。映画に『ドライブ・マイ・カー』『1秒先の彼』ほか多数。

「正和は基本的に、全部許せるタイプの人間で頼りないところもあるけど、懐が深くて、仲間思い＆家族思いで、周りにいる人たちを悲しませない。そういう人に僕もなりたいなと思っています」

坂間正和について

優しさゆえに煮え切らない男　山路一豊

山路から見たまーちんは、**煮え切らないやつ**。それはまーちんの優しさゆえなんですが、山路自身も持っている部分でわかるだけにもどかしい。茜ちゃん（安藤サクラ）に対するまーちんの態度も、山路的視点から見ると時には許せなかったりする。**山路にとって茜ちゃんは性別を超えた友達**ですから。

ただ、まーちんも父親としての責任も感じながら、今にもひっくり返りそうな酒蔵を継いで、一瞬、力を抜いたらポキっと折れそうなストレスを抱えつつも、めげずに頑張っているのはすごいなと思う。基本、**まーちんは前向きな人**。

今回、まりぶの動画配信が明らかになっても、「別にいいじゃん、家族見られたって。これが日常だし」って、物事に対して**気持ちのいい消化の仕方**をする。ひねくれて受け止めないところがすごく素敵だなと思います。
そんなまーちんと山路の関係は、知り合いと友達の間ぐらいかもしれません。山路にとって「友達」は茜ちゃん。だってまーちんはグループラインに入ってないんですよ!?　仮に3人が「俺らって、友達？」みたいに自問するシーンがあったら、みんな一瞬「うーん…」。でも一緒に集まって仲良くお酒を飲んでいる。そういう関係性だと思います。

まーちんは不器用なところがチャーミング　道上まりぶ

まーちんは、一生懸命物事に向き合っているけど、それがすべてうまくいくわけじゃなく、一生懸命なだけにその奮闘ぶりが滑稽に見えるという**まっすぐさが魅力のひとつ**。僕はそういう人が人間っぽくて好きだし、親近感を感じますね。

今回の映画でも、まーちんは家業を継いだり子供ができたりして環境は変わっているし、自分なりの目標も持って、奥さんに支えられながらも前進しようとしているけれど、やっぱりどこかでつまずいちゃう。そういう**不器用なところが正和のチャーミングさ**なんだなって改めて感じました。

そんなまーちんの見どころは**不倫疑惑**!? 彼が二日酔いで目覚めて、「ハングオーバー！」的に予想外の事態に巻き込まれていくところ。そもそも今回の映画は、桃李くんが「このメンバーで『ハングオーバー！』的なシチュエーションでやれたら」と提案してくれたのが始まり。それがホントにピッタリ（笑）。巻き込まれ、翻弄されるまーちんをお楽しみに！

岡田将生について

侠気と優しさで自然と和を作る人　柳楽優弥

岡田さんは座長として現場を引っ張っていく侠気ももちろんあると思うんですけど、それを見せない親しみやすさや優しさがあって、その優しさに、**みんなちょっと甘えたりもしてる**と思います。

たとえば、僕は人前に出ると緊張するところがあるんですけど、今回の映画のプロモーションで人前に出た時、岡田さんが同じようなことを言っていて、「でもメガネをかけるとすごく落ち着くんだよ」って自然なタイミングで話してくれたりする。そう言われると、「俺だけじゃないんだ」と思えてちょっと安心する。そういう風に自然と和を作れる人間性がとても素敵だし、人前に出るのが得意なわけじゃないところもなんか好き。そんな**人間性がにじみ出た彼の演技が好き**ですね。

7年前にドラマやってきて作った空気感は、**僕の中で大切な情報**だったので、そこでまた一緒に彼らと演技できたってことが、僕の中でいちばん面白かったことかな。

ガラスのように透明で綺麗で繊細な人　松坂桃李

岡田はガラスのように透明で綺麗で、ガラスのような繊細さを持ち、気づいた時には**ひとりで勝手に反省会**をやっています。たとえば、「ゆとりのコメント撮りまーす」「舞台挨拶やりまーす」とプロモーションを次々こなす合間にも、「いやぁ～（溜息）…大丈夫だったかなぁ…」と言うから、「大丈夫だよ！」って、普通に友人として声をかけていますね。

俳優としての岡田は、恐ろしく嫌な役も、究極的に清潔感のある役も、ジャンルの隔てなく、本当にフラットに**いろんな役をやることができる**俳優だと思います。だからいろんな監督に好かれるし、いろんな役者さんから「岡田将生とやってみたい」と思われるんだろうな。

岡田将生のいいところを映画にからめてひとつあげると**"叫び声が気持ちいい"**。ものすごいボリュームで叫んでも、「うるさっ！」ってならないのは、彼のすごい持ち味。今回、マーチンのハングオーバー（二日酔い）のシーンで目覚めた時に「うわーーっ!!」っていうとても気持ちのいい叫び声をあげているので、ぜひ楽しみにしてほしいですね。

山路一豊について

茜ちゃんとの関係はどうなの？　坂間正和

山路はすでに坂間家の家族の輪に入っていて、困った時に頼れる家族みたいな人。茜ちゃんにとって山路は正和に話せないことを聞いてもらっている仲ですし、正和が最初に頼るのもたぶん山路だと思います。茜ちゃんと山路が密かに連絡取り合っていたりするのは、正和からするとやっぱり嫉妬の対象ではありますね。

一方、恋愛となると、とたんに女性への偏見や妄想にとらわれるのも山路らしいところで、映画ではその一面がますますパワーアップしています。今回の山路が女性とご飯食べてる時の、あれ。タブレットの中の麻生さんに、早口で思っていることをどんどん言葉にしちゃってる山路。すごかったですね。**女性に対しては7年前よりもむしろ、こじれきっています**。

山路が怪我するところは、岡田将生として見どころかな。今まで、正和が毎回怪我していて、ギプスってめちゃくちゃ暑いし、動きづらいし、芝居しづらい。山路が怪我したことが、意地悪な言い方ですけれど、「やっと俺の苦しさがわかったか！」っていう（笑）。怪我の仕方も、すごい滑ってんなぁと。演じる側として、その枷を与えられて、どういう風に乗り越えていくかというのも見どころでした。

正和にとって大きな人生の変化を与えてくれたのは、まちがいなく山路とまりぶの2人。今回も今までも、家族や仕事や時世に翻弄された時、頼れる仲間がいることが、正和の人生にとって最高なことだと思っています。

変わらない山路の可愛らしさが大好き　道上まりぶ

そのルックスで、なんで**そこ**が不器用なんだろう？ってところが面白いですよね、山路は。見た目モテそうなのにモテない強烈なキャラ。女性に対してもけっこう悩んでいて、自分から「童貞」って言っちゃったり。7年経っても変わらない**山路の可愛らしさ**が大好きです。

山路は学校の先生として安定を求めてる面もあると思うし、トラブルを極力避けて静かに暮らしたいとも思ってるのに、松葉杖をつくようなアクシデントがあったり、今回も山路にいろいろあります。そんな山路をかっこいい桃李くんが演じている意外性も面白い。

まりぶは実は友達が多いキャラではないと思うんです。山路やまーちんは、本来、まりぶの周りにはいないタイプ。だけどまりぶは2人を友達だと思っている。**普段接点のなさそうな人とも関係性を築ける**のが宮藤さんの作品の面白いところだなと思います。

松坂桃李について

たぶん松坂桃李のファンなんです、僕　　柳楽優弥

桃李くんのセリフの言い回しとか、ほんと僕、ツボです。面白いセリフを面白くっていうことではなく、絶妙に自然に言ったりするのが、すごく好きです。そして、**バランス感覚のよさ**。それは演技にも出ていて、表現がしなやかで安定感がある。桃李くんはとても魅力的で刺激を受けています。だから僕、**たぶんファンなんです**、松坂桃李の。

桃李くんに限らず、こういう時代ですから２人の新しい情報がネットとかに出てきて、「あ、次こういう作品に出るんだ」「こういうステージに行くんだ」って知ると、やっぱり俳優としてもいいなあ、って素直に思いますね。今回、そういう２人と７年越しにまた一緒に演技ができて、ホントにありがたいなって思います。それぞれ別の作品に取り組んで、結果も出している同世代のメンバーがそばにいる。それだけでとっても貴重。

今日、一緒の映画の取材日で、衣装替えが多かったんですけど、桃李くんは着替えが早い！ もう控え室に戻るエレベーターから脱いでる（笑）。**“早替えの桃李”**を垣間見るという貴重な体験をしました！

芝居でも現場でも焼肉でもバランサー　　岡田将生

桃李さんは人間的にホントに素敵な方で、現場でも作品の中でも、**絶妙にバランスをとってくれるバランサー**なんです。正和と２人のシーンでも、僕の芝居に合わせて山路の表現を調整してくれているかのようで、でもそんなそぶりを何も見せずに淡々とやっている。現場でも、その場にいる人たちの言葉をうまく繋ぎながら会話を進めていく姿にはいつも感嘆するばかり。ちなみに桃李さんとご飯に行くとたいてい焼肉になるんですけど、お肉を焼くのも全部桃李さんがバランスよくやってくれます（笑）。

同年代の役者として、桃李さんほど果敢にいろんな役にチャレンジしている人はたぶん、いないと思う。柳楽くんと一緒で、ひとつの仕事に取り組む姿勢は、ほんとに素晴らしいなって思います。そして、やっぱり人柄。松坂桃李は、**「またこの人と仕事をしたい」って思わせる人ですから**。僕もそういう風になりたいと思っています。

桃李さんと柳楽くんは、僕にとって役を通り越して親友であると同時に、同世代でいちばんリスペクトしている俳優さんです。ライバルというより、**この先の40代、50代、60代も悩みながら一緒に並んでいたいなと思う**、本当に特別な存在です。

道上まりぶについて

まりぶは最高の友　坂間正和

まりぶは正和にとって、最高の友。だから、まりぶがやることを、意外と全部、許してるんですよね。妹のこともそうだし。正和はまりぶを大きく包んであげている存在のようで、実は、正和がいちばんまりぶのことを理解してない（笑）。

一方、自分が思ってることを隠さずにストレートに言う正和を真剣に受け止めてくれているのがまりぶ。だから、正和にとってもまりぶはなくてはならない人なんです。

まりぶは「エビチリ大王」になると6年前中国に渡って、いつの間にか戻ってきたんだけれど、何も変わってなかった（笑）。それで、坂間酒造に勤めながら隠れて動画配信を始めるけれど、結局は家族を養うため。奔放に見えて、ちゃんと家族のことを考えている人なんです。

まりぶのすごいところは、**常に行動が一貫しているところ**。一応、全部やりきるじゃないですか。ま、受験は11浪目でひよっちゃいましたけれど、大学生にはなったし。今回の動画配信もそうですが、自分が考えたこと、思いついたことをやり遂げる力を持っている。正和は、基本的にブレブレなんで（笑）、憧れますね。

動画配信のまりぶは、今回の見どころですよ。だって、完璧に中国語ですから。

おっぱい！の人　山路一豊

山路にとってまりぶはまず**「おっぱい！」**の人（笑）。そもそもの出会いがおっぱいパブの客引きからのスタートですから。おっぱい！だけでなく、まりぶは奥さんとかお子さんとか、山路がどう頑張っても持てないものを持っていて、もはや“羨ましい”を超えて自分とは**別世界の生き物**みたいな感じですね。それでも仲がいいのは、ゆとり世代だからこそのシンパシーがあるから。これが10歳離れてたら、たぶんこういう仲にはならない。

今回、いちばんとんでもないことをしでかしているのはまりぶ。自分の家族ならまだしも、他人の家族の日常を動画で生配信して「ドヤァ〜！」ってやるなんて、大問題じゃないですか。でもなんか許せちゃうところがまりぶ。その行動力や新しいものに対して臆さないチャレンジ精神はすごいけど、慎重派の山路から見ると、ものすごい**危うさを秘めている**のもまりぶ。

山路はけっこう溜め込み癖があるのですが、まりぶは「ん？」って思った瞬間、「お前さ」「あんたさ」ってスパッと言う。そこにまりぶのまっすぐな性格が表れていて、**山路的に羨ましい**ところですね。

柳楽優弥について

予測不能な優ちゃんにワクワクする　松坂桃李

柳楽の優ちゃんは、とても努力家でストイックです。今の優ちゃんがこれだけの才能を持ち、これだけの評価をされている裏で、たぶん本人は相当努力しているので〝**努力の天才**〟だと思いますね。

優ちゃんには、他のどの世代の俳優も持っていない“役に入った時に何をしでかすかわからない危うさやユーモア”があります。その**予測不能な感じが共演する僕らをワクワクさせる**。台本から逸脱せずにそういうことができるのは、本人がもともと持っている素質と才能、そして努力ゆえだと思います。

今回のまりぶのYouTuberも、まあ～**似合う似合う**。しかもそれを中国語でやっている。セリフに感情を込めたり、ニュアンスをつけるのも日本語だったらできますが、海外の言葉になるとそこにワンクッション負荷がかかるので大変なんです。柳楽の優ちゃんだからこそできたんだと思います。
普段の優ちゃんは「ねっへっへっへ！」「あっはっはっはっ！」みたいな特徴的な面白い笑い方をします。この笑い声を聞いて和めるのは、素顔を知る僕らの特権かもしれません。

まりぶとは真逆のシャイな人　岡田将生

柳楽の優ちゃんは、**まりぶとは真逆のとてもシャイで可愛い人**です。本当にシャイだから、久々に会うと**関係性がゼロに戻っていたりする**けど、その距離が日に日に縮まるのも優ちゃんの可愛いところです。

今回の映画も久々だったので、「あ、ゼロになってんなぁ」と思って。人見知りとはまた違って、話しかけるとちゃんと話してくれるんですけど、他人（行儀）の時が意外とある（笑）。でも、それが全然嫌な感じじゃなくて、「ああ、知ってる優ちゃんだな」って。

役者としての優ちゃんは、ほんとに尊敬しています。役を全部自分のものにして、魂込めて役と向き合って。「まりぶ」も彼にしかできない役。そして、アドリブということじゃなく、台本もあって流れもわかってるんだけど、何をするかわからないのが優ちゃん。自由にやっていて、それがまた現場で誰よりも楽しそうで、正和としては、まりぶの出方で返し方も変わってきますから、「こういう風にやろう」っていうプランは逆に持っていきませんでした。

誰よりも自由で、どう演じてくるかがいちばん読めない優ちゃん。これからも一緒にお芝居をするのがすごく楽しみです。

後説

水田伸生

水田です。

『ゆとりですがなにか インターナショナル』の公開前2次情報（本予告、全キャスト、主題歌など）が解禁になったその日、1通のメールが私に届いた。

「ご無沙汰しております。この度は『ゆとりですがなにか インターナショナル』の公開、誠におめでとうございます。2019年に取材を受けてからコロナ禍になり、この件は無くなってしまったのかなと勝手に思っていたので……このニュースにとても嬉しくなりご連絡しました！　また、別でお力になれるようなことがありましたら全力でご協力いたしますので遠慮なくお申し付けください。大変お忙しい頃とは思いますが、宮藤様、水田様はじめ皆様お身体ご自愛ください。今作の映画のご盛況を心よりお祈り申し上げます」

ある酒造会社の代表取締役で、連続ドラマの準備中に取材させて頂いた方の1人、脱サラして実家の酒造会社の後継者となった方……つまり主人公「坂間正和」のモデルになった人物なのです（連続ドラマに続き、今回の映画でも再び取材したのです）。

それまで自らの想像力で勝負してきた宮藤さんが、『舞妓Ｈａａａｎ！！！』も京都に行くことなく観光ガイドブックで執筆した宮藤さんが、「ゆとり世代」を身近なサンプルだけに基づく一方的な表現にならないよう、一般社会に暮らす若者を集めて「取材」したいと自ら発案して取り組み、その数は延べ50人を超えた取材対象者の1人です。

「ゆとり世代」と呼ばれ、指示待ち、消極的であると言われたこともある「世代」からの熱量あふれるメールに感激し（連絡を怠っていた自らの失態を棚に上げ）、すぐに宮藤さんに転送したら、「まーちんからメールが来たみたいで嬉しいですね」と、感慨深げ……。

そう、「ゆとり世代」も「さとり世代」も「Z世代」も成長するし、進化するし、変化するし、全員が個性的で、いつの時代も、どの世代も「他者を尊重」できる人物だけが素敵なのです、ね。

あ、将生くん、桃李くん、優弥くん、サクラちゃん、太賀くん、里帆ちゃん、遥香ちゃん!

「前説」で宮藤さん、みんなが還ってきたら「その時のゆとり世代の現在地」を書くって言ってますよ!

そして、読者の皆さんの「観たいぞ!」の声が、宮藤さんのパソコンを打つ指先をさらに軽やかにします!「発信」を、宜しくお願いいたします。

キャスト

Cast List

坂間 正和
岡田 将生

山路 一豊
松坂 桃李

道上 まりぶ
柳楽 優弥

坂間 茜
安藤 サクラ

山岸 ひろむ
仲野 太賀

佐倉 悦子
吉岡 里帆

坂間 ゆとり
島崎 遥香

早川 道郎
手塚 とおる

坂間 宗貴
髙橋 洋

坂間 みどり
青木 さやか

須藤 冬美
佐津川 愛美

中森
矢本 悠馬

円山
加藤 諒

村井
少路 勇介

豊臣 吉男
長村 航希

太田
小松 和重

道上 ユカ
瑛 蓮

藤原
原 扶貴子

島本
菊池 美里

平田（新入社員）
加藤 清史郎

小野（新入社員）
新谷 ゆづみ

脇田 薫
林家 たま平

アンソニーの父
厚切りジェイソン

巡査
徳井 優

チェ・シネ課長
木南 晴夏

望月 かおり
上白石 萌歌

服部 一幸
吉原 光夫
/
野上
でんでん

坂間 和代
中田 喜子

麻生 厳
吉田 鋼太郎

スタッフ
Staff List

脚　本：宮藤官九郎

監　督：水田伸生

音　楽：平野義久

主題歌：「ノンフィクションの僕らよ」感覚ピエロ（JIJI Inc.）

製　作：澤 桂一　松本達夫　市川 南　宮本典博　藤本鈴子　加藤幸二郎

エグゼクティブプロデューサー：飯沼伸之　田中宏史

プロデューサー：藤村直人　仲野尚之

ラインプロデューサー：宿崎恵造

監督補：相沢 淳

撮　影：中山光一（J.S.C）

照　明：市川徳充

録　音：鶴巻 仁

美　術：内田哲也

VFXスーパーバイザー：オダイッセイ

編　集：和田 剛

スクリプター：阿呆知香子

制作担当：近藤 博

製作委員会：日本テレビ放送網　東宝　読売テレビ放送　バップ　日テレ アックスオン／STV MMT SDT HTV FBS 日本テレビ系全国22社

製作幹事：日本テレビ放送網　制作プロダクション：日テレ　アックスオン

配　給：東宝

RONIN

本書は2023年10月13日より公開される映画『ゆとりですがなにか インターナショナル』のシナリオをまとめたものです。上映されたものとは異なる部分がある場合があります。ご了承ください。

企画協力：小布施顕介　加宮貴博　将口真明（日本テレビ）
宮崎隼人　小林亜侑美（東宝宣伝部）

編集協力：浜野雪江

ブックデザイン：都甲玲子

企画・編集：松山加珠子

宮藤官九郎（くどうかんくろう）

1970年7月19日、宮城県出身。脚本家、監督、俳優。'91年より大人計画に参加。パンクコントバンド「グループ魂」では構成と“暴動”の名でギターを担当。テレビドラマの脚本では「池袋ウエストゲートパーク」「ロケット・ボーイ」「木更津キャッツアイ」（芸術選奨文部科学大臣新人賞）、「ぼくの魔法使い」「マンハッタンラブストーリー」「タイガー&ドラゴン」（ギャラクシー賞テレビ部門大賞受賞）、「吾輩は主婦である」「未来講師めぐる」「流星の絆」「うぬぼれ刑事」（向田邦子賞）、「11人もいる」「NHK連続テレビ小説 あまちゃん」（東京ドラマアウォード2013脚本賞）「ごめんね青春!」「ゆとりですがなにか」（芸術選奨文部科学大臣賞〈放送部門〉ほか）、「監獄のお姫さま」「NHK大河ドラマ いだてん～東京オリムピック噺」（伊丹十三賞）、「俺の家の話」（東京ドラマアウォード2021・3冠）ほか。映画の脚本には『GO』（日本アカデミー賞最優秀脚本賞ほか）、『ピンポン』『アイデン&ティティ』『ゼブラーマン』『69 sixty nine』『木更津キャッツアイ 日本シリーズ』『木更津キャッツアイ ワールドシリーズ』『舞妓Haaaan!!!』『なくもんか』『謝罪の王様』『土竜の唄』『パンク侍、切られて候』『1秒先の彼』ほか。監督・脚本に映画『真夜中の弥次さん喜多さん』（新藤兼人賞金賞受賞）、『少年メリケンサック』『中学生円山』『TOO YOUNG TO DIE! 若くして死ぬ』。配信ドラマの脚本に「離婚しようよ」（大石静共同脚本）「季節のない街」（脚本・監督）。舞台戯曲ウーマンリブシリーズ「七人の恋人」「もうがまんできない」ほか、大人計画本公演「春子ブックセンター」、「鈍獣」（岸田國士戯曲賞）、「メタルマクベス」「大パルコ人④マジックオペラ『愛が世界を救います（ただし屁が出ます）』」ほか多数。歌舞伎に「大江戸りびんぐでっど」「天日坊」「唐茄子屋～不思議議国之若旦那」などがある。

「ゆとりですがなにか」

日本テレビ系列日曜ドラマ（2016）

“ゆとり第一世代”と呼ばれる1987年生まれの坂間正和（岡田将生）、山路一豊（松坂桃李）、道上まりぶ（柳楽優弥）は、30歳目前に「おっぱい」に導かれるように出会う。「みんな違ってみんな素敵」と教えられたはずが、気づけば「優勝劣敗の競争社会」。アラサー男子3人は仕事に家族に恋に友情に、迷い、あがきながらも懸命に立ち向かう！　全10話の連続ドラマ。

「ゆとりですがなにか　純米吟醸純情編」

日本テレビ系列スペシャルドラマ（2017）

突如、正和の実家・坂間酒造にモノレール建設で立ち退きの話が持ち上がり、100年以上4代続いた造り酒屋を畳んでタワーマンションに引っ越す話が浮上。山路は学年主任になり、保護者と担任の間の板挟みの重圧から恋の逃避行へ。まりぶは11浪の末、入れる大学に入り大学生となり、就活が始まる。

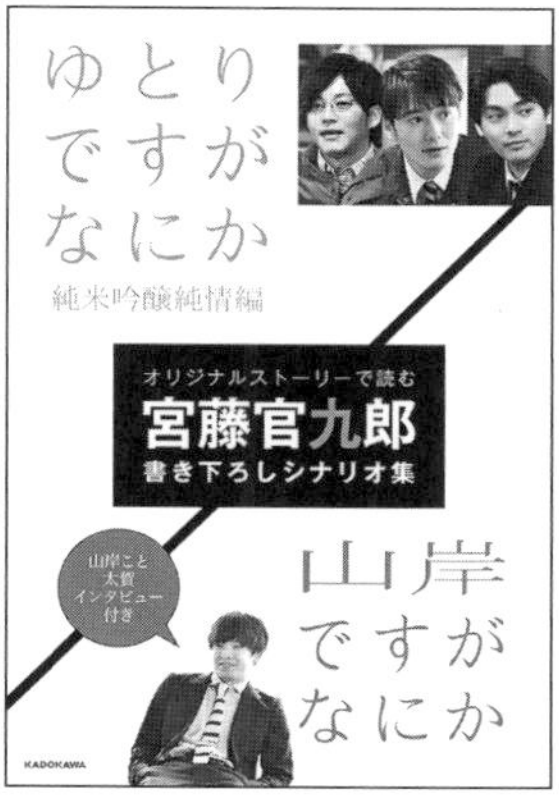

「山岸ですがなにか」

Huluオリジナル連続ドラマ（2017）

ゆとりモンスター・山岸ひろむが主役!? 正和の退職の後を引き継いだ「みんみんホールディングス」の山岸。テレビドラマの制作で「ゆとり世代」として取材を受けることに。ADのふゆみんと恋に落ち、山岸節が炸裂する抱腹絶倒のラブストーリー。全3話Huluオリジナルドラマ。

ゆとりですがなにか インターナショナル

2023年10月4日　初版発行

著　　者　　宮藤官九郎

発 行 者　　山下直久

編集長・編集部担当　藤田明子

編　　集　　ホビー書籍編集部

発　　行　　株式会社KADOKAWA
〒102-8177　東京都千代田区富士見2-13-3
電話：0570-002-301（ナビダイヤル）

印刷・製本　　図書印刷株式会社

[お問い合わせ]
https://www.kadokawa.co.jp/（「お問い合わせ」へお進みください）
※内容によっては、お答えできない場合があります。
※サポートは日本国内のみとさせていただきます。
※Japanese text only

定価はカバーに表示してあります。

Printed in Japan
ISBN 978-4-04-737688-5 C0093　